U0115101

集韻卷之九

翰林學士兼侍讀學士朝請大夫尚書左司郎中知制誥判秘閣兼判太常禮院羣牧使上柱國濟陽郡開國侯食邑二千二百戶賜紫金魚袋臣丁度等奉

敕修定

入聲上

屋第一 烏谷切獨用　　〔一〕沃第二 烏酷切與燭通

燭第三 朱欲切　　覺第四 訖岳切獨用

質第五 職日切與術櫛通　　術第六 食律切

櫛第七 側瑟切　　〔二〕勿第八 文拂切與迄通

迄第九 許訖切　　月第十 魚厥切與没通

〔三〕没第十一 莫勃切　　曷第十二 何葛切與末通

末第十三 莫葛切　　黠第十四 下八切與舝通

〔四〕舝第十五 下瞎切　　屑第十六 先結切與薛〔五〕通

薛第十七 私列切

一○屋屋臺〔七〕 烏谷切説文居也从尸刀所主也一曰屋形从至至所至所至止一曰具也籀从厂或作臺文十三　剭 誅〔八〕也周制誅大臣適甸師謂之剭　渥 水聲　喔 雉聲　黳 墨刑　鄔〔五〕 地名在南陽　瞀 膏膧也　腛 厚〔九〕也周禮華欲其柔滑而腛脂之則

〔三〕没

〔二〕臺

〔三〕尸尸象

〔三〕止也

〔七〕宊 〔九〕膗 羹 〔一〇〕熱 〔一一〕穀 〔一二〕穀 〔一三〕穀 〔一四〕㲉鷇 卵 〔一五〕後縠 練 〔一六〕𣪘 〔一七〕㱿 〔一八〕穀 〔一九〕死 〔二〇〕穀

𥨍〔七〕⿰禾屋禾芒 媉好也 握小皃易若號一握鄭氏讀○㱿〔八〕呼木切歐聲文十一 嗽說文食辛嗽也一曰歠聲〔九〕膗羹也 焀火皃 熇說文火熱〔一〇〕也引詩多將熇熇 〔一一〕穀穀說文日出之赤或从火 〔一二〕穀說文犬屬要以上黃要以下黑食母猴一曰穀似牂羊出蜀北囂山中犬首而馬尾 豰豕聲 𪍿麥也 〔一三〕穀豕名一曰豚子○哭空谷切說文哀聲也文九 〔一四〕㲉鷇卵已孚或作鷇 ⿱𣪊瓦說文未燒瓦器 𪌱說文餅鞠也 〔一五〕⿱後麻縠說文未練治纑也或作縠徐鉉以爲後非聲疑从復今按沃字韻有䌨蓋从沃 〔一六〕𣪘土墼 〔一七〕㱿皮也○穀穀〔一八〕古祿切說文續也百穀之總名〔一九〕一曰善也祿也一曰水名或从米文二十三 ⿰歹角博雅⿰歹角殐歺也俗作⿰歹角非是 〔二〇〕穀木名說文楮也 登𣪘豆名

〔二一〕瀫〔二二〕⿱𣪊隹〔二三〕鷇〔二四〕⿱𣪊黽 〔二五〕縛 〔二八〕㱿

一曰豆萁或作𣪘 轂𨍭說文輻所湊也古作𨍭 𣪘雙玉 㱿足跗 ⿰目角 ⿰目谷目動也或从谷 谷說文泉出通川爲谷从水半見出於口一曰窮也又姓 ⿰口谷 唃雉鳴或从角 〔二一〕瀫水名在河內 鷇〔二二〕⿱𣪊隹布鷇〔二三〕鳥名或从隹通作㲉 〔二四〕⿱𣪊黽⿱𣪊黽鼠名 ⿰豸谷獸名山海經北囂之山有獸狀如虎白身馬尾彘鬣名獨俗 ⿱𣪊瓦器名受三斗 ⿱竹𣪊篚也 ⿰尸甲持也○⿱𣪊糸胡谷切說文細〔二五〕縛也文二十五 斛⿰酉斗〔二六〕說文十斗也或作⿰酉斗通作𣪘 ⿱𣪊瓦說文盛觵巵一曰〔二七〕⿰身𣪊具一曰盡也 ⿰齒告齒聲 觳角聲 ⿰角兒 ⿱𣪊瓦器一曰坏也 礐石聲 ⿰角卆大箱也 ⿱艹斛石斛藥艸 ⿱𣪊酉濁酒 ⿱艹𣪊菜名生水中 槲槲樕木名或書作槃 螌蟲名螻蛄也一曰蟦蠐謂之蝗螌 〔二八〕㱿牲後足一曰足

〔二九〕𧝓　〔三〇〕卜几灸　〔三一〕汁　〔三二〕免　〔三四〕束

附　簸吳俗謂籰爲簸　瀫瀫水聲或作瀫　擭捕獸機檻也書杜乃擭徐邈讀

豰豕也豰豭也　䀰目動也　焀火皃　觳觳麓器名　㱿赤皃　𧝓

〔二九〕𧝓𧝓衣聲　○卜〔三〇〕卩博木切說文灼剝龜也象灸龜之形一曰象龜兆之從横也古作卩亦姓

文三十一　汁〔三一〕水名　菐煩也　濮說文水出東郡濮陽南入鉅野又州名亦姓　䧤

䧤彭䧤蠻夷國名或作䧤通作濮　轐僕說文車伏免〔三二〕也〔三三〕引周禮加軫與轐焉或作僕

𡚱女字昌意娶蜀山氏女曰昌𡚱　檏樸屬叢生皃　樸說文〔三四〕束也　獛山〔三五〕海

經獛鉛南極之夷　蹼蹼鳧鴈足間相連著爲蹼或省　纀襆幞說文裳削

幅謂之纀或作襆幞　轐絡髮謂之轐一曰牛絡頭　鳪𨾅雉名黃色鳴自呼或从隹　鸔

〔三七〕鼥　〔三八〕古　〔三九〕𧬂　〔四〇〕羡　〔四一〕臣　𦣞

烏鸔水鳥　撲〔三六〕撲桃西域地名　鏷鏷姑矢名　蟔蟔蝀小蟲　䰃鬅鬚皃　鬏

忽見也　𩴐博雅𩴐鼥鼠屬　醭酒上白　擈拭也　𤖛牆版之大者　○

攴撲扑𥬀𦫳剝普木切說文小擊也或作撲扑𥬀𦫳剝〔三八〕文二十八　濼

水名春秋傳公會齊侯于濼　鼥𪕎鼥〔三七〕鼠屬　墣圤由謂之墣或从卜　骲骨鏃

也　仆僵也　䁢物氣烝白　醭酒上白　𪑾𪐲色暗一曰淺黑色或从卜　鸔

鳥名善占　𧬂〔三九〕以言蔽也　副判也　僕羣飛皃莊子蚕蛮僕緣　撲方言盡也

樸穙艸生穊或从僕　炦火烈　𧴱美〔四〇〕財也　樸堅木也一曰木生密　𦺍

穙也　朴木皮也　○僕𥈿步〔四一〕木切給事者古从目文二十三　鏷侏儒也　菐

〔四二〕㩓　〔四三〕伏兔

〔四四〕冒

〔四六〕壓

〔四七〕轐　〔四八〕艒

〔四九〕舒

煩也犮犮犮犮行皃古作犮暴暴𣊐曝日乾也或作暴𣊐曝鸔鳥名說文鳥鸔也瀑縣水氉䰊𣯛毛不理或作䰊穙禾生穊也樸樸木〔四二〕密也一曰樸樕小木或省𧒂蝶蝀小蟲轐博雅車〔四三〕伏兔也蚹蚹蠃蟲名蝸牛〔四四〕也鰒海魚名曓頸聯也匐匍匐也○木莫卜切說文冒也冒地而生東方之行从屮下象其根又姓文十九朷刀治桑也沐說文濯髮也〔四五〕一曰水名在青州又姓霂說文霢霂也謂小雨毣思皃一曰好也楘說文車〔四六〕歷錄束交也引詩五楘梁輈鞪鞪轐說文車軸束〔四七〕也或从車亦作轐艒小船謂〔四八〕之艒縮鶩鳥名說文舒〔四九〕鳧也𧯁豆萁霿羽蚞蟲名爾雅蚞蜓蚞螃也蓩毒艸𥠍

〔五〇〕婺

〔五一〕謷　遨

〔五二〕从〔五三〕殐〔五四〕死〔五五〕瀫瀫

〔五六〕蔌

〔五七〕棟

〔五九〕㯮

〔六〇〕瘯　〔六一〕瘃　〔六二〕㯮

〔六三〕簌

泰布𦺲艸名〔五〇〕婺美皃鶩鳥名○速謷遬蘇谷切說文疾也一曰召也古作〔五一〕謷籒作遬文三十三誎說文餔旋促也一曰飾也〔五二〕鬻餗餐餗說文鼎實惟葦及蒲陳留謂健為鬻〔五三〕或以食亦作餐餗軟吮也殐〔五四〕死也瀫〔五五〕瀫穀動物涑水名在河東俕偈俕動也一曰短皃蔌爾雅〔五六〕菜謂之蔌〔五七〕穀穀縠新衣皃藗艸名說文牡茅也通作蔌楝〔五八〕赤楝木名可為車輞樕說文樸樕小木趚趚趚走聲樕木名爾雅〔五九〕樕樕其通作樕椴椴常木名𪋻說文鹿迹也〔六〇〕𧑋蝶蝀小蟲或从欶數遽也鏉鏤〔六一〕也餗縠餗懼死皃瘯〔六二〕瘯瘯寒病㯮山名山海經東山之首曰㯮蠡魆鬼〔六三〕飾名簌也颯颯颯風聲熇也○蔟千木切說文行蠶蓐也文

九
簇小竹瘯瘯瘰皮膚病磃碌磃石地不平皃⿱族巾【六四】憕也趗趗趗局小
皃⿱族立立待也鏃鏑也梀短椽○鏃族鏃作木切說文利也一曰矢
【六五】末或省亦作鏃文十五⿰足族⿰足族⿰足族曲足皃⿰虫華【六六】⿰虫華⿰虫華蟲集皃嗾⿰口造呼犬聲或
从造瘯【六七】瘯瘰皮膚病⿱族虫蝦蟲頭上距⿰扌族【六八】方言鐫⿰扌族也傶邑名亦姓莘【六九】
穛艸木叢生或从木【七〇】鉐【七一】姓也出彭城⿰甾鹿畚也○族⿱𠂉矢⿸厂矢昨木切說
文矢鋒也束之族族也一曰从㫃从矢所以標【七二】衆衆矢之所集一曰聚也古作⿱𠂉矢⿸厂矢文九⿱族金鏤也
銼鏃銼鑹【七三】溫器或从族鱁魚名⿱族手斂也或書作⿰扌族戚【七四】絲名在東海○
𣪊【七五】都木切𣪊轂動物文十五毅⿰豙攵⿰扌豙【七六】擊聲或从文从手⿱豙衣【七七】衣全地

集韻入聲九　三

【六四】憕
【六五】朱　【六六】蟀
【六八】琢　【六九】丵　穛
【七〇】禾
【七二】摽
【七三】鑹　【七四】戚
【七五】𣪊　【七七】⿱豙衣
【七六】文

涿【七八】流下滴一曰郡名豚㞘博雅臀也或作㞘俗作启非是豝⿰豕尼星名【八一】或从
尾⿱𣪊衣【七九】⿱𣪊衣⿱𣪊衣衣聲啄味【八〇】也斀字林去陰刑⿵門豕水名剢刀鉏也○秃
他谷切說文無髮也从人上象禾粟之形取其聲王育說倉頡出見秃人伏禾中因【八二】以【八三】制字未
知其審亦姓籀作秃文八⿰言秃詆誘狡猾也一曰相欺詆【八四】⿸疒秃首瘍⿰扌秃杸指也鵚
⿰秃隹鵚鶖鳥名或从隹通作秃㑮㑮倲不寧○牘徒谷切說文書版也一曰樂器所以
節行文五十七讀說文誦書也讟⿸疒由說文痛怨也引春秋傳民無怨讟古作⿸疒由黷
說文握持垢也引易再三黷通作瀆遺說文媟遺也徐鍇曰不以禮自近嬻說文媟嬻也
犢⿰牛蜀說文牛子也或从蜀㑮短陋謂之㑮倲殰⿰月賣說文胎敗也古作⿰月賣通作

集韻入聲九　五

【七八】涿
【七九】𣪊衣⿱𣪊衣⿱𣪊衣　【八〇】咮
【八一】秃秃
【八二】⿰木秃　【八三】杖
【八五】嬻

〔八六〕殰　歹卯　〔八七〕卯
〔八八〕匵　〔八九〕韇襩
〔九二〕⿰阝賣
〔九三〕纛
〔九四〕⿰毒鳥
〔九五〕磟　〔九六〕豖

殰〔八六〕殰歹卯內敗〔八七〕髑顝說文髑髏頂也或从頁鑟〔八八〕殰之匵覿見也見
匵說文匵也通作櫝櫝木名一曰小棺襩韇也或作犢韇皾
說文弓矢韇也今謂之胡鹿或从皮韣韥弓衣或作韇〔九〇〕罜⿱罒賣罜麗小罟或作⿱罒賣
瀆竇說文溝也一曰江河淮濟爲四瀆或作竇〔九一〕⿰阝賣〔九二〕⿰谷賣說文通溝也古作⿰谷賣瓄
玉器一曰圭名獨說文犬相得而鬭也羊爲群〔九三〕犬爲獨一曰老而無子曰獨⿰麥蜀⿰麥蜀⿰麥疑煑餅
纛羽幢俗作〔九四〕纛非是⿱艹獨獨落藥艸⿰馬蜀⿰馬賣⿰馬鹿⿰馬蜀野馬一曰馬行皃⿰馬蜀
⿰馬蜀⿰毒鳥〔九四〕鳥名涿涿鹿地名〔九五〕蜀畢星別名頊說文顱也⿰羊蜀羊六尺〔九六〕謂之⿰羊蜀儥見也
動也碡⿰石蜀⿰石賣碌碡田器或从蜀亦作⿰石賣⿰賣刀刀劍室⿰黑犬⿰賣犬猸默俗獸名

集韻入聲九　六

〔九八〕彔　〔九九〕本
〔一〇二〕崩　〔一〇三〕煉

如虎而豖鬣古作𤟡猸通作獨鐲粥也⿰車賣〔九七〕車名⿰歹角⿰歹角歺也⿰殳賣足跗登豆名
⿰扌賣抽也○祿〔九九〕盧谷切說文福也一曰居官所給廩亦姓文八十八彔〔九八〕說文刻木彔彔
也一曰本〔九九〕也又姓漉淥說文浚也一曰滲也或从彔盝⿰氵盝爾雅竭也或从水通
作漉濼說文齊魯閒水也引春秋傳公會齊侯于濼⿰口彔笑也一曰鳥聲琭玉皃老子
琭琭如玉⿰黑鹿⿰黑彔⿰黑歷⿰黑鹿垢黑也或从彔〔一〇〇〕⿰鹿瓦博雅瓬甗瓬甎也磟⿰石鹿磟碡田器
或作⿰石鹿簏箓說文竹高篋也〔一〇一〕或从彔通作盝簶⿰革彔⿰革鹿胡簶箭室或作⿰革彔⿰革鹿
⿱罒鹿⿱罒彔說文罜麗也或从祿麓⿱林彔說文守山林吏也一曰林屬於山爲麓引春秋傳沙
麓崩〔一〇二〕古从彔⿰糸鹿純也⿰目彔說文目睞謹也⿰目鹿⿰目歷⿰目鹿目明⿰鹿見笑視也⿰火鹿煉〔一〇三〕也

【一〇五】睩　【一〇六】蟖閒

【一〇七】⿰壴巨　【一〇八】休　【一〇九】祭　【一一〇】角　【一一一】軏　【一一二】⿰衤录　⿰衤录⿰衤逮

敼 敼瘯〔一〇四〕皮肉瘦惡也 睩〔一〇五〕 私聽也 ⿰虫录 字林⿰虫录聽蟲名似蜥蜴〔一〇六〕出魏興居樹閒輒下齧人人必死復上樹垂聽聞人哭乃去 娽 顓頊之妻一曰隨從也 敼 擊也〔一〇七〕 ⿰壴巨〔一〇八〕 王孫林子名 摝⿰扌录 振也或作⿰扌录 趢 趢趗踢也 ⿰走鹿 ⿰走鹿趚走聲 ⿰礻鹿 祭〔一〇九〕名 ⿰車录 車聲 ⿱雨鹿 暴雨謂之⿱雨鹿 醁 酒〔一一〇〕名 角 獸不童也漢四皓有角里先生 ⿰录頁 項也 觻 說文角也張掖有觻得縣 鱳⿰魚鹿 說文魚名出樂浪潘國或从鹿 鏕 釜名一曰鉅鏕縣名 龣⿰龠鹿觮 東方音也或从鹿从角 樚 樚櫨井上汲水木 轆⿰車录 博雅車軏〔一一一〕道謂之轣轆一曰維車或从录〔一一二〕 ⿰舟鹿 艒⿰舟鹿舟也 谷 谷蠡匈奴王 碌 碌硞石也 蹗⿰足录 行皃或作⿰足录 ⿰衤录 ⿰衤录⿰衤逮衣聲 逯 說文行謹逯逯也 鹿 庚也 鹿 說文獸也象頭角四足之形鳥鹿足

【一一三】似　【一一四】匕　【一一五】⿰馬戚　【一一七】閑　【一一八】摝　【一一九】⿰耳鹿　⿰耳录　【一二〇】栜　【一二三】八　【一二四】褚

相比从上〔一一三〕亦姓 騼 博雅騼騼馬屬一曰野馬 ⿰白录 白獸 螰 蟲名爾雅蜓蚞螇螰一名蟪蛄 ⿰鹿皮⿰鹿文 獸皮有文皃或从文 樚 樚蓮艸名 蔍 艸名鹿蹄也一曰蔍葱 録 録録不自異 妯 爾雅動也 ⿰言录 博雅謯⿰言录也 盝〔一一六〕 蟲甲 ⿰米录⿰米⿱录灬 火爆米曰⿰米录或从火 琭 琭琭鬼見也 ⿰犭录 上飛皃 ⿰土鹿 地名梁有⿰土鹿口城 椂 木名〔一一八〕 膔 腹鳴 ⿰女鹿 ⿰女鹿⿰女委蜀人埋鹿臭而食之 ⿰忄鹿 心開〔一一七〕一曰心轉 ⿰女鹿 女字 ⿰土鹿 ⿰土鹿菌艸名地〔一二〇〕蕈 也〔一一九〕 ⿰耳鹿 耳鳴通作⿰耳录 鄜 地名 欐 ⿰木鹿心〔一二一〕柹名 ○福 方六切說文祐〔一二二〕也文三十六 腹〔一二三〕 說文厚也一曰身中 複 說文重〔一二四〕衣也一曰褚衣 幅⿰糸畐畐 說文布帛廣也或作⿰糸畐亦省 輻 說文輪轑也 復 重也 ⿰亻复 漢法除其賦役也通作復 蝠 蟲名

說文蝙蝠服翼也[一二五]　輻鞴 革帶或作鞴　𥳇 竹實　鍑 釜大口者　鶝 鳥名

爾雅鸐鶝鶝鵧如鵲短尾射之銜矢射人　踾 踾踧聚也　韗[一二六]軸縛也　菐 瀆也　偪

偪陽國名在宋　楅 楅衡牛角耑橫木[一二七]　覆 倒也審也　艒 艒艒大舟　葍 艸名

簹 織具一曰竹名　稪 穀名　蓄蔔蕧 說文當也或作蔔蕧　餢 食也

复[一二八] 行故道也古作台　復 姓也　𥨍𡕛㙂 穴地以居或从土亦省通作復

謳 言備　塩 由[一二九]也　蝶 女字　○蝮 芳六切說文虫也爾雅謂之蝝一曰虺博三十[一三〇]首大

如擘文十七　覆 反也　輹 說文車軸縛[一三一]也引易輿脫輹　蕧 艸名說文盜庾[一三二]也一曰旋

蕧似菊　複 山名　鬄 婦人首飾　𥨍㙂 說文地室也引詩陶𥨍陶穴或从土　富

[一二六]縛

[一二七]轂

[一二八]复

[一二九]凷

[一三〇]寸

[一三一]縛

[一三二]庚

滿也　蕧 艸名通[一三三]艸也一名烏蕧　複 重也　腹 厚也一曰身中　蕌蔔 艸名或作

蔔　覆 覆水也　副䮤 剖[一三四]也或作䮤　○伏 房六切說文伺[一三五]也文五十三

虙 說文虎兒古有虙犧氏亦姓　艮[一三六] 說文治也从又卪卪事之節也　服肵艆

說文用也一曰車右騑[一三七]所以舟旋从艮[一三八]也一曰事也古作肵或作艆亦書作般　夏复 說文行故

道也隸作夏　復 說文往來也亦州名　畐 滿也　瘦[一三九]瘦 方言病也曰勞復也[一四〇]

省　䟔 屈手足伏地一曰行兒　彔 說[一四一]文見鬼髟兒　絥䪖䩉鞴 說[一四二]文

車絥也或从韋从革亦作鞴　茯 茯苓藥艸　瑇韛 說文車笭間皮篋古者使奉玉以盛[一四三]

之或作韝　輹軾 車下縛也或从伏　箙鞴鞴箙 說文弩矢箙也周禮仲秋

[一三五]司

[一三六]艮

[一三八]艮

[一四〇]或

[一四二]髟

[一四三]藏

[一四四]縛

〔一四五〕一　〔一四七〕鶝　〔一四八〕䪡　〔一四九〕賟　〔一五〇〕𡇒　〔一五一〕睿　〔一五二〕臮

觳矢箙或作韝鞴箙 複 機持繒者 栿 梁也 棴〔一四六〕 木名出崑崙山 垘 土壅曰垘史記川塞谿垘 𡨄𥨍⿰土复 博雅窟也或从土亦省 匐 伏地皃 澓洑 伏流也或从伏一曰澓姓也 蕧 艸名說文盜庚也 菔 蘆菔艸名一曰刀劒衣 馥 香氣也 稪 穀名 ⿰馬伏 馬名 鵩 妖鳥也 鰒 海魚名 犕 用牛也通作服

蝮 蛇名廣三寸色如綬鼻有〔一五〇〕針一名反鼻大者百斤一曰蝮蜻蛻也 鶝鵖 鶝鵖〔一四七〕鳥名戴勝也或作鵖 䪡〔一四八〕 博雅重也 ⿰虫复〔一四九〕 ⿰虫复蠙神蛇也二身同首六足四羽見則不雨 葍 艸名 ⿰女复 女字 ⿰走复 越⿰走复小兒手據地行 ○目 莫六切說文人眼〔一五一〕象形重童子也古作𡇒文二十一 睦睿〔一五二〕 說文目順也一曰敬和也古作睿 臮〔一五三〕 說文細文也 繆

〔一五三〕穆𥣞美　〔一五四〕嘿𡰝　〔一五五〕聿𦘺　〔一五六〕𠈇⿰亻西　〔一五七〕⿰亻宿　〔一五八〕⿰氵宿　〔一五九〕攵

謚也古有魯繆公秦繆公亦姓 牧 說文養牛人也引詩牧人乃夢亦姓 坶坶 說文朝歌南七十里地周書武王與紂戰于坶野或从每通作牧 艒艒 博雅艒䑿舟也或省 苜 ⿱艹牧蓿 苜蓿艸名或从牧从冒 ⿸疒目 病也 穆〔一五三〕𥣞 說文禾也一曰敬也美也古作𥣞 ⿰目每 目病 ⿱𠫓目 敬也通作穆 嘿 楚人謂欺〔一五四〕曰嘿𡰝 ⿰衤每 衣縫 ○肅 息六切說文持事振敬也从聿在𣶏上戰戰兢兢也一曰進疾也古作𦘺〔一五五〕文二十九 ⿰歹風〔一五六〕 夙𠈇⿰亻西 說文早敬也从丮持事雖夕不休早敬〔一五七〕者也隸作夙古作𠈇⿰亻西 宿〔一五七〕 說文止也亦姓 潚 廣雅清也 ⿰氵宿 濕〔一五八〕也 飌𩙽 廣雅風也或从宿 䑿 博雅艒䑿舟也 𢹾𢿫 博雅擊〔一五九〕也或从攵 橚 木名一曰木茂皃 蓿 苜蓿艸名 ⿰亻風 ⿰亻宿⿰亻風

［一六〇］玉　［一六二］𪃑

［一六三］叜

［一六四］鮐　腊

［一六五］鼀　圥

［一六六］歍

［一六七］媪　［一六八］笡

［一六九］𨘋　戚

不伸也玉［一六〇］壐璛琢玉工或作壐璛玉又姓䃤［一六一］廣雅礪也鷫［一六二］𪃑說文鷫鷞也五方神鳥也東方發明南方焦明西方鷫［一六三］鷞北方幽昌中央鳳皇司馬相如說或从叜翿博雅飛也驌驌騻良馬通作肅鱐魚名鮓［一六四］母也一曰魚脂蟰蟲名爾雅蟰蛸長踦也鏽鐵鏉也嘯吹氣若歌○鼀［一六五］䵹螆七六切蟲名說文夫鼀詹諸也其鳴詹諸其皮鼀鼀其行夫先或从酋亦作螆文十三噈爾雅終也歍［一六六］也𧛎博雅好也𨟵說文醜也一曰老女［一六七］也𥶵笡［一六八］也覷規覷面柔𨄞迫也○𨘋［一六九］戚𨄞子六切迫也或作戚𨄞亦書作蹙文三十三顣顣頞顣皐也潚說文深清也蹴蹋也逐也或書作蹵踧跦說文

［一七〇］歍　［一七一］作𠾃　［一七二］𠺸　［一七三］𦄬

［一七四］䙯

［一七五］𥶵　且　［一七六］尺　［一七七］𠺸

［一七九］鼀

行平易也引詩踧踧周道或省殧爾雅終也敊說文惄然也引孟子曾西敊然一曰悲皃歍噈說文歍［一七〇］歍也或作噈𠻟咮歎也一曰無聲或省𠺸𠾃𨘋［一七一］容忸怩也或从［一七二］𨘋䐘𦡍腳䐘膏澤也或从心𦄬［一七三］縮也一曰繒文䙯［一七四］衣鮮明皃摵至也槭說文木可作大車輮𥹉吳俗謂熬米爲餌曰𥹉𥶵篴箴廣雅𥶵謂之笡或从旦［一七五］亦省𧑒蟲名博雅蚇［一七六］蠖蟦𧑒也勦截［一七七］也𤢅勁也慼［一七八］博雅慙也一曰憂也媨博雅好也鼀［一七九］蟲名詹諸也詸樂懸斷皃○摵就六切廣雅至也文七蹴蹴然敬皃𢸥極擊也敊惄然也一曰悲皃歍噈歍歍也或作噈𥶵笡也○尗菽式竹切說文豆也象尗豆生之形也或作菽文二十

〔一八〇〕紂　〔一八一〕笇　〔一八二〕芌

〔一八四〕倏

〔一八五〕儵

〔一八六〕色

〔一八七〕早

〔一八九〕始

〔一九一〕叅　贊

四　叔紂掓紂〔一八〇〕笇〔一八一〕說文拾也汝南名收芌〔一八二〕爲叔或从寸从手古作紂笇叔一曰字也透〔一八三〕博雅驚也戲也倏倐儵說文疾也長也或作倐儵儵飛疾皃倏〔一八四〕說文走也儵〔一八五〕說文青黑繒發白色一曰黑也〔一八六〕一曰儵儵罹禍毒也虪虪說文黑虎也或省鯈鮛魚名王鮪也小者曰鮛或不省菽艸旱〔一八七〕盡也潚波也霌闕人名晉有虡靈字玄默倐光動皃㩓引也倜俶倜不申〔一八八〕○俶叔昌六切說文善也引詩令終有俶一曰始也或作叔文十埱說文气出〔一八九〕於土也一曰姓也𡺟說文至也琡爾雅璋大八寸謂之琡柷說文樂〔一九〇〕木空也所以止音爲節祝國名爾雅北至於祝栗諔詭也銃鋈也淑淑沺水皃○祝飳〔一九一〕之六切說文祭主贊詞者

〔一九二〕鬻　粥　鬻鬻鬻

〔一九三〕𩰫

〔一九四〕璹

〔一九五〕壔壔　〔一九六〕裗久

〔一九七〕宍

〔一九八〕鮿　〔一九九〕朒朔

从示从人口一曰从兌省引易兌爲口爲巫或从食文十三喌咮說文呼雞重言之或作咮鬻〔一九二〕粥鬻糜也或作鬻亦書作粥鬻柷木空也擊以作樂一曰木名琡璋大八寸鬻鬻鬻畀謙皃通作粥𠲽𠲽𠲽歎聲諔詭也𪁺鬻鳩鳥名○𩰫〔一九三〕孰熟䇕神六切說文食飪也引易孰飪隸作孰熟古作䇕文十九塾闏闑門側〔一九四〕之堂謂之塾或作闏闑淑說文清湛也婌後宮女官通作淑碧石名璹璹說文玉器也隸作璹琡爾雅璋大八寸謂之琡叔俶善也或从人通作淑售儥也壔壔〔一九五〕堡也古从鬲裗〔一九六〕久也○肉而六切說文〔一九七〕胾肉象形俗作宍非是文六衄𦙒鼻出血也或从肉䱊〔一九八〕魚子初生曰䱊朒〔一九九〕月朔見東方沑

【二〇〇】紅　【二〇一】[illegible]
【二〇二】寧
【二〇三】擂　【二〇四】謏
【二〇五】趥
【二〇六】槒皁　【二〇七】嗖
【二〇八】長
【二〇九】閦

淑沺水皃○縮所六切說文亂也一曰蹴也一曰牆紝【二〇〇】也文二十四　莤說文禮祭束茅加于
裸圭而灌鬯酒是爲莤象神歆之也一曰莤榼上塞也引春秋傳尔貢包茅不入王祭不供無以莤酒通
【二〇一】作縮俗作莤非是　摍說文蹴引也一曰抽也或書作寧【二〇二】　⿰虫宿⿰虫就蟦⿰虫宿蟲名蚇蠖也
或作⿰虫就　⿰扌肅搜【二〇三】擊也或作搜　摵方言到也　謏小也禮足以謏【二〇四】聞徐邈讀謏
起也　蹜宿足迫也或省通作縮　趥【二〇五】趥趥偪僂也　飀寒風　𦑣肅鳥飛
或【二〇六】省　槒博雅皂櫪也　數數數迫促意　嗖【二〇七】笑皃　欶吮也　鷫鳥名　橚
橚矗行【二〇八】木皃　驌馬名　潚潚潚水皃○珿初六切等齊也文十三　⿰齒足⿰足足
娖齊謹也或作⿰足足娖　矗艸木盛也一曰直皃　閦衆在門【二〇九】或書作閦　屃

【二一〇】𡊮
【二一一】下　【二一二】筑巩巩
【二一三】築篗筭築
【二一四】蘗　【二一五】从
【二一六】畜
【二一七】苖　【二一八】憒

屃屃行皃　⿺足豆小豆　⿰氵宿濕也　⿰犭足羽皃　⿰石足小石　⿺走齒直皃　⿰亻戚憂也或讀
易⿰亻戚嗟若吉○縬繫緆側六切聚文也或作繫緆文五　⿱机土【二一〇】塞也　磩礎謂之磩
○竹張【二一一】六切說文冬生艸也象形不垂者箬箬也亦姓文十三　竺天竺西域國名亦姓　筑【二一二】
說文以竹曲五弦之樂也从竹从巩巩持之也　築【二一三】篁篗筭⿱竹杋說文擣也古作
篁或作篗筭亦省　⿱艹巩【二一四】⿱艹⿱巩木艸名說文蓄巩也或【二一五】以木　⿱巩手以手築物　掓拾也
⿸疒叔瘛⿸疒叔痛皃○蓄稸勑六切說文積也或作稸通作畜文二十一　畜⿱玆田【二一六】
說文田畜也引淮南子玄田爲畜魯郊禮畜或从田从茲茲益也　豖說文豕絆足行豖从豕繫
二足　苖【二一七】艸名蓨也　蓫艸名惡菜也　傗色憒【二一八】起皃一曰傗佩不舒也　敊

[二一九] 栊

[二二〇] 似

[二二二] 慉

[二二三] 追

[二二六] 蕩

[二二七] 雉 鯈 鮉

[二二八] 燕

叔戳痛至皃 滀 滞也 鄐 地名在晋亦姓 竹 萹竹艸名 茧 字林艸名[二二〇]以冬藍蒸食之醡 ⿰魚畜 魚名出梁州[二二一] 矗 長直皃 搐 牽制也 ⿰足畜 足也 ⿰車畜 車笭 篋 慉[二二二] 起也 ⿰女畜 媚也 ⿸疒叔 腹痛 ○逐 仲六切說文[二二三]追也[二二四]文十八 妯 ⿰女育 方[二二五]言今關西兄弟婦相呼爲妯娌或作⿰女育 柚 杼柚織也亦通作軸 軸 說文持輪也[二二六] 舳 說文艫也漢律名船方長爲舳艫一曰舟尾 碡 磟碡田器 蓫 蓫薚艸名馬尾也[二二七] 筑 ⿰氵筑 水名漢有筑陽縣在南陽或从水 ⿰食逐 餅也[二二八] 鱁 魚名爾雅暨是鱁體似鱏尾如鯿魚郭璞說 蚰 ⿰虫逐 蟲名方言北鄙謂馬蚿大者曰馬蚰或作⿰虫逐 坴 土塊 疛 心腹之疾曰疛 ⿰馬逐 獸名 築 杵有鐏 ○六 力竹切說文易之數陰變於六正於八从入从八文三十

[二二九] 先 兟 [二三〇] 坴

[二三一] ⿰犭翏 [二三二] 穜 穜曰 埶

[二三三] 蔄

[二三四] 鳥

[二三六] 肭

六 ⿱漻皿 器也 ⿱山六[二二九] ⿱山⿱六⿰六六 艸名說文菌⿱山六地蕈叢生田中籒从三⿱山六 坴[二三〇] 說文土塊坴坴也一曰坴梁 陸 ⿰阝⿱坴⿰坴坴 說文高平地籒作⿰阝⿱坴⿰坴坴亦姓 ⿰冫坴 凝雨也 淕 澤名 翏 飂 翏翏長風聲或从風 瘳[二三一] 病也 稑 穋 說文疾孰也引詩黍稷穜稑[二三二]鄭司農田先種後孰謂之穜後種先孰謂之稑或从翏 ⿰女坴 女字 ⿱竹坴 竹名 ⿱艹陸 ⿱艹稑 蔏⿱艹陸艸名或从稑 蓼 蔘 艸長大皃詩蓼蓼者莪一曰衆薪也或作蔘 磟 磟碡田器 ⿰車坴 轓⿰車坴三箱車 勠 勎 說文并力也或作勎 戮 僇 ⿱羽勿 ⿰翏寸 說文殺也古作僇⿱羽勿或从寸 踛 翹足也 ⿰扌畱 引也 ⿰馬坴 驌⿰馬坴良馬 鵱 雡 艸名[二三四]說文蔞鵱也或从隹亦書作⿰馬坴 鯥[二三五] 山海經魚名羽在魼下而蛇尾 ⿰虫坴 海蛤負厚而有文通作陸 ⿱坴貝 ⿱坴貝渾地名 ○肭[二三六]

〔三三七〕朒　〔三三八〕䚷
〔三三九〕衄 鼻
〔三四〇〕刺
〔三四三〕肓／〔三四四〕睢望
〔三四五〕日
〔三四六〕鬻
〔三四七〕鬻、〔三四八〕賣
〔三四九〕染　〔三五〇〕藋

女六切說文朒而月見〔三三七〕東方謂之〔三三九〕縮朒文十八　恧忸聽〔三三八〕䚷聏　說文慙也或作忸聽
䚷聏　⿰月丑　食肉　衄⿰血阜　說文鼻出血也或从鼻　沑　泥也　朒　視也　⿰丑丑　博雅〔三四〇〕刺也
⿰虫丑　蟲名蚰蜒也北燕謂之⿰虫丑蜒　莥　鹿豆　⿰丑刂〔三四一〕　創也　⿰足丑　行也　狃　獸名　抐
搐抐不申　○育毓　余六切說文養子使作善也引虞書教育子或从每亦姓文三十七　鬻〔三四二〕
〔三四三〕生也一曰鬻鬻謙卑兒　睢〔三四四〕　博雅趕也一曰目明　喅唷　說文音聲喅喅然或作唷　逌
行也轉也　昱　說文明日〔三四五〕也　煜焴　說文燿也或从育　錥　鴿錥溫器　⿰忄育　心動也
鬻粥鬻鬻䰞　說文鬻也或作粥鬻〔三四六〕鬻〔三四七〕䰞又姓　賣〔三四八〕　說文衒也通作鬻粥　⿰糸育
說文帛青〔三四九〕經縹緯一曰育陽染也　⿰木育⿰木萺　覆欄也或从艸　藋〔三五〇〕　說文艸也引詩食鬱及藋

〔三五二〕奔
〔三五三〕引
〔三五四〕沔
〔三五五〕儥 賣
〔三五八〕餗　〔三五九〕慢
〔三六一〕蓄
〔三六二〕苗

⿱艹育　說文艸也　蘜　艸名榮也張衡曰〔三五三〕異苓蘁蘜　奔〔三五二〕　說文兩手盛也　蜟　伏蜟
蟬蛻　淯　說文〔三五四〕水出弘農盧氏山東南入沔一曰出酈山西　塾⿵門育⿵門坴　夾門堂或作⿵門育
⿵門坴　儥〔三五五〕　說文賣也鄭康成曰買也通作粥　昱　明也書翌日乙〔三五六〕丑劉昌宗讀　儵
疾〔三五七〕兒莊子能儵然乎　堉　肥壤謂之堉　⿰育欠　〔三五八〕餗　⿰衤育　〔三五九〕褲襴慢也　⿰虎黑　黑虎　○
囿⿴囗籀〔三六〇〕　于六切苑也一曰禽獸曰囿籒从田中四木文七　痏　病也　⿰口有　吐聲　⿰有鳥
疾飛兒　⿱艹囿⿱艹⿴囗籀　艸名籒作⿱艹⿴囗籀　○畜蓄⿱茲田〔三六一〕　許六切養也或从茲古作⿱茲田文二十
一　慉　說文起也引詩能不我慉一曰驕也　⿰女畜　說文媚也一曰石也　鄐　說文晉邢侯邑
亦姓　⿰目冒　低視也　⿰衤畜　褚也　蓫苗〔三六二〕　艸名羊蹄也或作苗通作蓫　傗　傗佩

〔二六三〕蓄
〔二六四〕禾
〔二六六〕儥 〔二六七〕⿱竹鞠 鬖
〔二六八〕晉
〔二六九〕匑匔 〔二七〇〕鱒
〔二七二〕趍
〔二七三〕趉 〔二七四〕⿱竹欶

不申 蓄蓄蓄〔二六三〕 菜或从木从蓄〔二六四〕 蓫 蓫薚艸名馬尾也 ⿰足畜 足也 稸 積也
⿰田翏 火田種也 勖〔二六五〕 勉也 訹 謏訹聞香皃 儥〔二六六〕 動也 ○⿱竹鞠〔二六七〕鞠鞠麴
麴鬖〔二六九〕 丘六切說文酒母也或作鞠鞠麴麴鬖文十六 ⿱宀匊 〔二六八〕晉 鄐 地名 匑趜
博雅匑匑謹敬也或作趜 ⿰虫匊〔二七〇〕 蟲名廣雅蛩螬也一曰⿰虫匊蝛蟧也 ⿰魚匊蘜 魚名〔二七一〕鱒也或作
蘜 驧 馬躍謂之驧 蘜 蘜蘧華青黃色 坈 曲厓外也 ○匊掬 居六
切說文在手曰匊或从手文六十四 臼 說文叉手也 ⿵門臼 開也 躹 躹躬也通作鞠 弆
兩手盛也 踘 踏也 趜 說文〔二七二〕窮也一曰趜趍〔二七三〕足不伸 鞠⿱竹鞠鞠 說文蹋鞠也或
作⿱竹鞠鞠亦姓 ⿰虫匊 蟲名說文⿰虫匊竈詹諸以脰鳴者 ⿱竹鞠⿱竹匊⿱竹欶〔二七四〕鞠諊 說文

〔二七六〕⿱穴鞠⿱穴鞠 穴⿱竹欶 〔二七七〕餰
〔二七八〕大
〔二八一〕蘜 蓻 以蓺 〔二八〇〕蓺
〔二八三〕髮
〔二八四〕鶌 〔二八五〕⿱臼鳥 ⿱臼隹
〔二八六〕梂

窮理罪人也或省亦作⿱竹欶鞠詾 告 讀〔二七五〕書用法曰告禮告于甸人通作鞠 ⿱穴鞠⿱穴鞠 說文窮也
或从穴〔二七六〕通作⿱竹欶 ⿰食匊 廣雅餰〔二七七〕⿰食匊饘也 菊 艸名說文〔二七八〕六菊〔二七九〕蘧麥 蘜蓻〔二八〇〕 艸名說文治牆
也令之秋華菊或作蓺通作鞠菊 蘜 艸名大蘭也葉細華紅紫色 蘜菊蓻〔二八一〕 艸名
說文日精也似秋華或省亦作教 ⿰目匊 非哇 椈格 木名柏椈也或作格〔二八二〕 ⿰山鞠 山高皃
〔二八二〕阬坈沉 水厓外也或作坈沉 䟘 足謂之䟘 ⿱髟亢⿱髟冗〔二八三〕 髮亂也或省 杭
木名 〔二八四〕鸈鵴 鳥名說文秸鞠尸鳩或从匊 ⿱臼鳥⿱臼隹〔二八五〕 說文鳥也或从隹 ⿰犭匊 獸名
黃署也 鮙蘜 說文魚名出樂浪潘國一曰鮙魚出江東有兩乳或作蘜 梂〔二八六〕 木實 鬻
稺也詩鬻子之閔斯徐邈讀 拲恭 兩手同械或作恭 籅 漉米籔 〔二八七〕呴 雞聲

[二八八]淨　[二八九]爪　抓　[二九〇]⿰馬鞠　[二九二]⿰馬鞠　[二九三]髯　[二九四]趨　[二九五]⿱竹鵴　[二九六]瀴　[二九八]戫　[二九九]文

⿰土匊[二八八]不淨也⿰忄匊謹愼也梮輿食器一曰土轝⿰氵匊水文通作洍⿰谷匊
谷名在上艾爪[二八九]抓也⿰女匊女名⿰馬鞠⿰馬匊[二九一]馬曲脊或省⿰阝匊養也盈也通作鞠
掬⿱竹匊說文撮也或作⿱竹匊○⿰馬鞠⿰馬匊[二九二]渠竹切說文馬曲脊也或省文十七匊
說文曲脊也趜趜趫[二九四]傴僂也鞠毱蹋鞠也或从毛⿰谷匊谷名踘踏也⿱竹鵴[二九五]
鵴⿰匊隹鳥名鳲鳩也或省亦从隹⿰魚匊字林魚有兩乳⿰虫匊蟲名詹諸也[二九七]椈
木實名拱[二九八]廣雅法也⿱艹匊艸名爾雅椒榝醜⿱艹匊⿱艹匊萸子聚生成房皃郭璞說⿱匊衣
皮衣○戫[二九九]彧乙六切說文有章也或作或通作郁文四十八⿰禾戫稶黍稷盛皃或省
通作或郁地名說文右扶風郁夷也亦姓⿰奧阝姓也澳[三〇〇]說文隈厓也其內曰澳其外曰

[三〇二]⿰土粤　[三〇三]皀　[三〇四]咿　[三〇五]⿰𢆶欠　[三〇六]蠶　[三〇七]⿰月毘　[三〇八]瘫　[三一〇]妒　[三一三]中　[三一四]逆

腲[三〇一]墺隩圫⿰土粤[三〇二]說文四方土可居也或从皀[三〇三]古作圫⿰土粤通作奧燠⿰日奧炨⿰火粤
熱也或从日古作炨⿰火粤鐭⿰金或⿰金麃溫器或作⿰金或⿰金麃⿱竹奧說文漉米籔也噢[三〇四]伊
悲也⿰革或⿰黑或緎羔裘縫也或作⿰黑或緎⿰或欠說文吹气也⿰口或喐聲也或从郁
⿰𢆶欠[三〇五]⿰奧攵愁皃或从奧拗抑也懊[三〇六]抑志也薁艸名說文嬰薁也⿰木郁
木名⿰木郁李也⿰系奧育蠶[三〇六]器䐿鳥⿰月毘[三〇七]胵也棫木名域區處也[三〇八]莊子无
所畛域唷博雅吐也⿰忄有心動也懊貪也⿰有鳥山海經縣雍[三〇九]之山有鳥曰白⿰有鳥栯[三一〇]
山海經泰室之山有木名栯葉如梨而赤理服者不妬[三一一]⿰石奧石似玉惐痛心也幼
少也⿰酉或面黃皃⿰言奧⿰言奧詸聞香皃[三一二]⿰魚幼魚名奧[三一三]室巾○砡[三一四]逆菊切堀砡䃮

〔一六〕⿰齒欠

〔二〕觷礐

〔六〕而/　〔九〕鶈芙　〔一一〕湅　〔一二〕切鳥/　〔一三〕雒　〔一四〕肥　〔一五〕雀

也文一○嵊〔三〕仕六切聚齊皃文三齱齒叢生⿰齒欠〔一六〕歁也

一二○洪〔七〕沃烏酷切說文溉灌也或〔八〕作沃亦姓文十五鋈說文白金也觷〔二〕

礐治樸之名爾雅角謂之觷或从石⿱𦥯目瞋〔四〕目⿱𦥯肉膏膜也⿱𦥯馬馬鳴腹謂之鷽

一曰馬行徐〔六〕疾也鸒魚名夭〔七〕地名山海經軒轅國有諸夭之野⿱⺮奥漉米箕⿱渁鳥

〔九〕鳺水鳥或从夭渁〔一〇〕纑〔一一〕未練鷽鳥名山鵲也○鵠〔一二〕䧿胡沃〔一三〕

名說文鴻鵠也或从隹文十五⿰日隺〔一四〕說文鳥之白也翯鳥白胞〔一四〕澤皃隺〔一五〕說文高至

也从隹上欲出冂引易夫乾隺然⿰火隺說文灼也⿰齒告治象齒令白也通作鵠⿰角告

治角也⿰告頁高皐謂之⿰告頁⿵門告門聲謂之⿵門告⿱𦥯羊小羊鶮邑名在韓⿰牛隺

〔一七〕石　〔一八〕熱

〔一九〕也/　〔二〇〕膗

〔二一〕夂

〔二三〕吏　〔二四〕說文

牛白色⿰氵隺水聲⿱𦥯玉玉名〔一七〕○熇呼酷切說文火熱〔一八〕也引詩多將熇熇文十二嚛

說文食辛嚛〔一九〕伊尹曰酸而不嚛膗〔二〇〕肉羹⿱𦥯泉⿰氵學水自渭出爲⿱𦥯泉一曰夏有〔二一〕水冬無水曰⿱𦥯泉

或作⿰氵學〔二二〕歊氣出皃⿱𦥯田火田種也螫蠚螫毒或从䖵豰小豚嗃

聲也滈大雨○酷枯沃切說文酒厚味也一曰甚也文十二焅說文旱气也硞

碌硞石皃秸廣雅熟也嚳說文急告之〔二二〕甚也俈閼帝高辛之號亦通作嚳⿱𦥯告

山皃靠相違也悎怖也告吏〔二三〕休假也漢書告歸之田孟康讀⿰阝告大〔二四〕皐捁

打也○告誥姑沃切告也易初筮告或从言文十六牿說文牛馬牢也引周書今

惟牿牛馬梏說文手械也祰博雅謝也一曰告祭郜國名在濟陰周文王子所

[二五]右　[二六]鳱　[二七]僞　[二八]遼　[二九]⿰口叚　[三〇]⿰牛隺　[三一]多　[三三]黼　[三四]从　[三五]蹼　[三六]濮　[三九]免　[四〇]蝝

封○陪說文大阜也一曰古[二五]扶風郡有陪阜鵠䧿博雅鳱[二六]鵠鵠也一說小鳥射之難中古者畫於射質以中之爲雋[二七]一曰鵠澤縣名在西河郡或从隹⿰齒告治象牙曰⿰齒告一曰齒聲靠相連[二八]也或書作靠⿱山告山皃⿰口牿喉[二九]⿰口牿咽也⿰禾羔⿱艹羔菩禾皮一曰地名或[三一]作⿱艹羔菩○⿰牛翟⿰牛隺[三〇]吾沃切牛白色或从隺文五爟也灼[三二]⿱山⿰隺攵礉山名小石皃或从石○襮逋沃切爾雅黼[三三]領謂之襮文四犦牛名犎也鸔⿰暴隹鳥鸔水鳥也或人[三四]隹○僕⿰目菐[三五]滿[三六]沃切說文給事者也古从臣文十四菐說文瀆業也从丵[三八]从廾徐鉉曰瀆讀爲煩瀆之瀆丵衆多也兩手奉之是煩瀆鏷鏷鏷[三七]矢名通作僕轐車[三九]伏免也⿰虫菐⿰虫菐蝀小蟲襮說文黼領也引詩素衣朱襮蝮蟲名蛇[四〇]也爾雅蟓蝮蚼郭璞讀跑

[四一]冰　[四二]⿱北貝　[四三]沃　[四四]覓　[四五]柤　[四六]糲　[四七]白　[四八]明　[四九]觳　[五二]管　[五一]督　[五三]⿰衤督　督

博雅趵也雹雨水[四一]鞄鞄莞[四二]柔革工⿰菐鳥⿰菐鳥⿰菐鳥鳥名⿰女菐女⿰女菐昌意妻暴日乾也○⿰目冒帽⿰虫冒瑁謨沃[四三]切瑁也或从甲从虫亦省文十媢妬也⿰木冒門樞橫木⿰舟冒南楚謂小船曰⿰舟冒艒⿱冃見[四四]突前見也媌好也萺艸名○渢蘇篤切博雅渢風雨也文二⿱新衣新衣聲○傶租[四五]毒切邑名亦姓文八⿱毄米毄糲[四六]米一斛舂爲九斗曰[四七]糳或省錊姓也⿰衤戚衣鮮[四八]皃⿰扌早收早熟禾曰⿰扌早[四九]觳[五二]毄穿也或省○篤都毒切說文馬行頓遲文十七竺[五〇]⿱竹督說文厚也或作[五一]篤通作篤督督督說文察也一曰目痛或省亦作督[五三]⿰衤毒⿰衤篤⿰衤督說文衣躬縫或从篤从督⿱叔衣說文新衣聲一曰背縫⿱叔金⿰食督[五四]舌⿱艹⿰氵毒⿱艹毒艸名韓詩⿱艹⿰氵毒萹茿也

〔五五〕轂　〔五七〕毒
〔五八〕蒴　〔五九〕瑁　〔六〇〕蝥　〔六三〕遛　〔六四〕苗
〔六五〕皃　〔六六〕行省　〔六七〕匈　〔六八〕儥
〔六九〕他　〔七〇〕⿱艹毒 ⿰犭毒　〔七一〕匹

或省〔五五〕毅說文椎轂物也〔五六〕磬落石也焯明也瓝瓠名○〔五七〕毒副徒沃

切說文厚也害人之艸往往而生从中从毒古从刀蓄文二十一妯⿰亻毒動也或作⿰亻毒⿱艹⿰氵毒

〔五八〕⿱艹毒艸名說文水萹茿也或省纛幬羽葆幢或从巾碡碌碡〔六〇〕田器〔六一〕瑇⿰目毒

瑇瑁〔五九〕介蟲或从甲〔六二〕蝳蝳蜍蟲名蛛〔六三〕蝥也𨄅⿺走毒行不止或省⿱艹⿰氵叔艸旱盡也

迪道也進也〔六三〕遛雨皃〔六四〕苗艸名邮鄉名在高陵⿰彳由⿰彳由行〔六五〕皃⿰忄毒

憧也○傉奴沃切人名虜有禿髮傉檀文八搙捻也褥小兒衣〔六六〕耨

〔六九〕耨田治艸也或从禾嗕嗕居左地〔六七〕匈奴〔六八〕別種名穛禾皮惄飢兒○〔六八〕儥

地篤切買也文一○〔七〇〕⿱艹毒⿰犭毒四沃切⿱艹毒且艸名蘘荷也或作⿰犭毒文四砲聲也鞄

〔七三〕革　〔七四〕濟
〔一〕庭　〔二〕大
〔三〕二
〔四〕欶
〔五〕鳴　〔六〕鳴
〔七〕博
〔九〕鼓　〔一〇〕縛

柔革〔七三〕工○磟盧督切磟碡田具文二〔七四〕濼水名在齊南○宋才竺切無

聲也文一

三○燭朱欲切說文庭〔一〕燎火〔二〕燭也亦姓文二十〔三〕屬說文連也一曰足也俗作属非

是囑託辭也噣噣鳿鳥名孎說文謹也〔四〕歜歜吹氣也或作歜矚

視之甚也⿺走蜀說文行皃⿰糸屬⿰糸蜀襟綴帶謂〔五〕之⿰糸屬或省⿰革蜀弓衣鸀鸀〔六〕鳴

鳥名似鴨而大赤目紺嘴或从隹蠋蜀蠋蟲名似蠶蠾蟲名方言蠀蠾蠐謂之蠀蠾𦞠

狼𦞠中膏⿰氵屬博〔七〕雅⿰氵屬恭也⿰衤屬長襦一曰短衣⿰馬廾馬後左足白⿰蜀殳擊也

〔九〕鼓擊鼓也○束捄輸玉切說文縛〔一〇〕也亦姓或从手文五倲㑰倲動皃棟

〔一一〕抵　〔一二〕剌　〔一三〕互蠋　〔一四〕蛸　〔一七〕數　〔一八〕鴝　〔一九〕剌

木名㖨吸也吮也○觸䚀樞玉切說文牴〔一一〕也古作䚀亦書作捔文十一𧤗
弓衣歜說文盛气怒也䐈狼䐈中胷𣂔說文相易物俱等爲𣂔𨟙闕人
名史記齊有邴鄐通〔一三〕作歜蠋蟲名擉刺〔一二〕也𡲈闕人名呂氏春秋齊有顔𡲈鸀
山海經氐人之國有青鳥赤足六首名曰鸀○蜀蠋𧖉殊玉切說文葵中蠶也从虫上
目象蜀頭形中象其身蜎〔一四〕蜎者蜀或作蠋亦从屬蜀亦地名文二十二〔一五〕屬附也類也俗作属非
是斀擊也𧄼菜名韣𩍾弓衣或从革襡𧞉襩說文短衣
也或作𧞉襩鸀鳥名山〔一六〕鳥也似烏而小穴乳出西方郭璞說數〔一七〕擊鼓也㑿
㑿倲動皃鐲鴝〔一八〕鋗溫器欘木名大葉似柳而赤钃鋤也擉刺〔一九〕取鼃鼈孎

〔二〇〕神　〔二一〕𢧵　〔二二〕襦　〔二三〕鞲　〔二四〕辰　〔二五〕蓐茻　〔二六〕宫　〔二七〕子　〔二八〕埱　〔三〇〕穀　〔三一〕也

女字𧀥蜀葵艸名𧾴跳也𤩷玉也○贖神〔二〇〕蜀切說文貿也文四𢧵〔二一〕
梁四公子名襩長襦〔二二〕𩍾〔二三〕鞮也○辱𨑔𢙰儒欲切說文恥也从寸在辰下
失耕時於封畺上戮之也辰者農之時也故房星爲〔二四〕田候也亦姓古作𢙰或省文十六蓐蕣〔二五〕
說文陳艸復生也一曰蔟也籀从茻褥藉也縟說文繁采色也溽說文溼暑也媷
懈惰也嗕噣嗕憐也一曰羌別種黷黑垢鄏說文〔二六〕河南縣直城門宫陌地也引春
秋傳成王定鼎于郟鄏鬻大鼎𣪊𣪈博雅戟其子〔二七〕謂之𣪊或作𣪈〔二八〕塚許〔二九〕馬
所蹈處○㮚𣡌粟須玉切說文嘉穀〔三〇〕實也孔子曰㮚之爲言續也籀作𣡌隷作粟
亦姓文十一㥛詭隨也𣯕𣯫博雅𣯕𣰕罽也或作𣯫𠜲細切也〔三一〕涑

〔三二〕玉　〔三三〕鋉　〔三四〕罟　〔三五〕康　〔三六〕趚　〔三七〕賡　〔三八〕藚　〔三九〕仩　〔四〇〕鸀　〔四一〕鞴領

水名在河東一曰浣也玉〔三二〕西戎國名亦姓臅狼臆中膏鏉金也○促
戚趨玉切說文迫也或作戚文十六趨趣趨速也或作趣趨諫博雅促也
一曰飾也鋉脨弗鋉〔三三〕灸筋或从肉鼩鼩鼩小鼠捉宋良犬也數細也
毛萇曰無人不數罟〔三四〕取取慮縣名在臨淮康〔三五〕博雅舍也棟椽也娕媜娕齊謹
也趗趚〔三六〕趗小步或書作趗○足疋縱玉切說文人之足也在下古作疋文三哫
哫訾以言求媚也○續賡〔三七〕松玉切說文連也古作賡文八藚〔三八〕艸名說文水舄也引
詩言采其藚俗仩說文習〔三九〕也古作仩鸀〔四〇〕鸀博雅履也或作鸀嶌速也
○䪁䪁逋玉切牛首絡或省文五犦牛名襮鞴〔四一〕衿也鸔鳥名○幞

〔四三〕帕　〔四四〕瘃　〔四五〕株　〔四六〕者　〔四九〕彩　〔五〇〕豖　〔五一〕皃行　〔五二〕皃　〔五三〕豕　〔五四〕之　〔五六〕英　〔五七〕采

襆纀纀逢玉切帕〔四三〕也一曰裳削幅或从衣从糸亦省文四○瘃瘃〔四四〕珠〔四五〕玉
切說文中寒腫覈也或从录文十四斸鐲〔四七〕說文斫也或从金欘〔四八〕說文斫也齊謂〔四九〕之鎡〔五〇〕
錤一曰斤柄性自曲曲〔四六〕一曰木枝上曲擉博雅執也孎嫡孎女謹順皃豖彩豖絆
足行皃或作彩擉剌也莊子擉鼈於江徐邈讀鄐縣名躅行謹皃灟目汁
趉〔五一〕小步○楝丑玉切說文短椽也一曰木名文八〔五二〕粷糲糠損米也趚趢趚
小皃〔五二〕行亍說文步止也从反彳彩豖豖〔五三〕絆足行或作豚〔五四〕塚跡〔五五〕馬所蹈處
䠈走也○躅躅䟲厨玉切說文蹢躅也或从屬从逐文六蠋蠾蠋蟲名
蘮蘮艸名〔五六〕博雅羊蘮蘮英芺也或省○録龍玉切說文金色也一曰采〔五七〕也記也文二

〔五八〕敊　〔五九〕謔也
〔六〇〕恭　〔六一〕趡
〔六二〕醽
〔六三〕見
〔六四〕十　〔六五〕谷
〔六六〕⿰黑谷　〔六七〕句
〔六八〕枕　〔六九〕鵅雉

十三 睩日無光 簶簏也一曰籍也 ⿰彔攴〔五八〕扑聲 ⿰言彔〔五九〕謔也 ⿰彔見說文笑視也

逯博雅逯逯衆也一曰行謹也亦姓 ⿰𧾷彔行〔六〇〕皃一曰恭也 趢說文權〔六一〕趢也 娽

說文隨從也 綠 ⿰帛彔說文帛青黃色也或从帛 碌石青色 淥水清一曰水名

在湘東又姓 醁醽〔六二〕醁酒名 騄騄耳馬名 䐆脂也 ⿰魚彔魚名 菉 ⿱艹祿艸名

說文王芻也引詩菉竹猗猗或从綠 禄禄禄形皃〔六三〕爲禮也陸德明說 睩謹視皃 ⿰忄彔

心從也 ○欲〔六五〕俞玉切〔六四〕說文貪欲也文一四 慾情所好也 谷〔六六〕峪爾雅水注

谿曰谷或从山 ⿰黑谷黑皃 浴說文洒身也或書作⿱谷水 鋊說文可以鈎〔六七〕鼎耳及鑪炭一曰

銅屑 ⿰車谷輍車枕〔六八〕謂之⿰車谷或从育 ⿰犭谷說文獨⿰犭谷獸也一曰豕毛長尾 鵒⿰臾鳥〔六九〕⿰臾隹

集韻入聲九　三三

〔七二〕勖
〔七三〕泰　〔七四〕⿶凵曲
〔七五〕⿱曲玉　〔七六〕蚓
〔七七〕爪

集韻入聲九

鳥名說文〔七〇〕鴝鵒也古者鴝鵒不踰泲或作⿰臾鳥〔七一〕⿰臾隹 ⿱谷虫說文⿱谷䖵醜〔七二〕⿱谷虫垂腴也 ○旭吁玉切說

文日旦出皃一曰旭旭驕蹇皃文八 勖說文勉也引周書勖哉夫子 頊說文頭頊頊謹

皃一曰顓頊帝高陽之號 朐朐衍戎名在北地 ⿸鹿頁⿰骨鹿⿸鹿頁也或作⿰骨鹿 ⿰王有朽玉

⿱敄巾桼〔七三〕布覆車曰⿱敄巾 ○⿶凵曲〔七四〕⿱曲乚區玉切說文象器曲受物之形亦姓隸作曲古作⿱曲乚文十

四 ⿴囗曲⿱曲玉說文骫曲也隸〔七五〕作⿱曲玉 ⿱艹⿴囗曲 ⿱艹曲 ⿱⺮曲說文蠶薄也或作⿱艹曲亦从竹通作曲

⿰魚曲魚名有兩乳 ⿱曲疋行聲 蛐〔七六〕蟲名引也 ⿷匚玉匣也 ⿰口曲鞫問謂之⿰口曲 ⿱髟曲

⿱髟曲⿱髟局鬈髮皃 ○𦥑拘玉切說文叉手也文二十五 𢪙兩手同械 挶拘說文戟持

也或作拘 輂說文大車駕馬也 ⿰扌瞿攫說文爪〔七七〕持也或作攫 轝說文直轅車轒

〔七八〕縛
〔八〇〕絭 絭
〔八二〕拖
〔八三〕厓
〔八四〕⿰耒菐
〔八六〕迫
〔八七〕玉尊 桡 忮

也〔七九〕⿱局角曲角 絭攘臂繩 ⿱暴糸說文約也 鋦⿱局金鐵束物也古作⿱局金 暴

梮說文舉食〔八〇〕者或作梮 ⿱龹糸𢍏說文素屬隸〔八一〕作𢍏 檋梮蹻山行所〔八二〕乘以鐵

如錐施之屐下或从尻亦作蹻 𠃨說文持也从反丮 ⿱局鳥鳥名 ⿰土尻水厓外 爪

覆手揭也 梀櫟實 ○局衢六切說文促也从口在尺下復局之一曰博所以行棊象形徐鍇

曰人之無涯者惟口故口在尺下則為局博局外有垠堮周〔八五〕限也文十 跼蹐跼不伸也 ⿰耒局

博雅⿰耒局〔八四〕⿰耒菐耕也 梮博雅曲道栻梮也通作局 駶馬立不常謂之駶 ⿱宀局不敢伸也

⿱髟局髷⿱髟局鬈髮兒 ⿰魚局魚名 ⿸尸足行促追〔八六〕也 侷侷促短小兒 ○王玉

玊〔八七〕虞欲切說文石之美有五德潤澤以温仁之方也䚡理自外可以知中義之方也其聲舒揚專

〔八八〕确
〔八九〕嬾
〔一〕杖

以遠聞智之方也不橈而折勇之方也銳廉而不技絜之方也象三玉之連丨其貫也隸加點古作玊文

十一 獄⿴囗獄說文确〔八八〕也二犬所以守也古从口 瑦琟鷚瑦鳥名或从隹通作玉 砡

字林齊也 ⿰足玉行不正 ⿰虫玉蟙⿰虫玉蟲名 頊人腦頫 ○傉女足切愁惋也文二 媷

嬾〔八九〕也 ○嶌仕足切速也文二 ⿰馬蜀驪⿰馬蜀野馬 ○數所錄切汲水疾也莊子數如泆

湯文一 ○娖娕嫊叉〔九〇〕足切婧也或从東亦作嫊文五 ⿰足齒齒齊也 ⿱足皿

盂也 ○匚𠥓甫玉切受物器籀作𠥓文三 彳足下齊 ○媢某玉切妒也文一

四 ○覺覺訖岳切說文寤也古作覺文三十五 ⿱臼目目明也 角

說文獸角也象形亦姓 觮東方之音一曰樂器通作角 ⿱放角〔九一〕放耑角 捔博雅

[三]掎　[四]構
[五]鷔
[六]輢鉤
[七]瑴　[八]般
[九]騅
[一〇]頻　[一一]鈠　[一二]倨
[一三]學　[一四]圻　[一五]骴　[一六]穀
[一七]讒

椅[三]也通作角　桷構[四]說文榱也椽方曰桷引春秋傳刻桓宮之桷或作構　箘竹榱也
搉博雅揚搉都凡也　埆獄也　榷說文水上橫木所以渡者也　悎鷔[五]也　䀯目動
斠說文平斗斛也　梏爾雅直也通作較覺顛　較較說文車騎[六]上曲銅也或作
較　傕闕人名漢有李傕　珏瑴[七]說文二玉相合為一珏或从瑴　鸒馬行疾也
騅[九]馬白頟　鮫器名　駮雜也一曰獸名如馬一角鋸牙　顴觀明也和也史記
顴若畫一或从見通作較　矐去目睛也史記乃矐其目　殼盡也史記不殼於此　學
器[一三]之豐圻[一四]　潅漬也　𩩲[一五]骨堅白　穀木名關中謂楮為穀[一六]　○吒黑角切吒謈恚呼皃
文十八　殻殼㱿說文歐皃引春秋傳君將㱿之或从欠亦省　謞謞謞[一七]崇讒

[一九]橈　[二〇]穀　[二一]敲
[二二]慤
[二四]也
[二五]觳
[二六]乾

慝也　⿰酉樂廣[一八]雅酢也　滈⿰氵翯⿰氵暠滈瀑水沸勇皃或作⿰氵翯滈　⿱㱿韋急也　翯鳥白
肥澤皃　豿哮豕聲或作哮　嗃悅樂也易家人嗃嗃　歊歊暴沐器乾而撓滅
也　穀[二〇]獸名　豰爾雅貔白狐其子豰　⿱㱿火火聲　○敲克角切說文从上擊下也一曰
素也文三十三　㲉鳥子欲出者　殼𣪍𣪊卵孚也一曰物之孚甲或从出从皮
毃說文擊頭也　搉說文敲擊也　潅說文灌也一曰漬也　慤𣪊[二二]說文
謹也或从志　确碻堅也或作碻　墧[二三]說文堅不可拔也通作墧　礐磬确
埆嶨壆爾雅山多大石[二四]也或作礐确埆嶨壆　塙土高也　硞說文石聲也一
曰犖也　肯幬帳之象　觳[二五]盛觵器　⿰告皮⿱㱿皮⿰告皮乾也　燩博雅曝[二六]也　榷

〔二八〕雈

〔三〇〕門鬪

〔三一〕臼

〔三三〕石

〔三四〕偓

桷〔二七〕木名枳也有實如柚或作桷　傕姓也　隺〔二八〕隺然心志高也　檕苴杖　觷〔二九〕治角

也　門〔三〇〕闕也　齾治象齒也　○斆學轄覺切說文覺悟也从敎从冂冂尚矇也臼聲

篆省文二十二　觷說〔三一〕文治角也　鷽雤說文雗鷽山鵲知來事鳥也或从隹一曰鷽鳩

小鳩　翯說文鳥白肥澤皃引詩白鳥翯翯　夓夓皷乾也　㶅澩說文夏有水冬

無水曰澩一曰水自渭出爲澩或从學　礐說文石聲　嶨埆𡒊說文山多大石也或

作埆學　确㱿說文礊〔三三〕也或从㱿　𣫬射具所以盛雉　皠白也　壆土堅

告休謁也　𡥅㛸也　𡠐𡠐婡嫗皃　灂灂瀑水皃　○渥乙角切說文霑

也文三十二　媉博雅好也一曰媉媉容也　偓說〔三四〕文佺也　𡅖誇聲　喔說文雞聲

〔三五〕齪

〔三六〕𡐃

〔三七〕施

〔三八〕笑聲

〔三九〕縛

〔四〇〕岦

也一曰喔咿強笑也　齷齪齷齪〔三五〕迫也一曰小皃或从足　腛脂豐也　握𡐃〔三六〕

說文搤持也古作𡐃　剭𪑾博雅刑也或作𪑾　楃說文木帳也　幄𧜀屋

幬也或从衣亦作屋　𧢨說文調弓也　箹說文小籟也　葯白芷其葉謂之葯

葹〔三七〕艸名蒻也　龏愨也　鷽學雤鷽鳩小鳩也或作〔三八〕學雤　鸒說文

馬行徐而疾也一曰馬腹下聲　約㪾束也或作㪾　嗌笑也　韄縛〔三九〕也一曰刀靶中韋

鱟魚名　𩩲碎脂也　𥰭竹名　○嶽岳㟧出逆角切說文東岱南靃西

華北恒中泰室王者之所以巡狩所至古作岳㟧出或書作嶽〔四〇〕文十八　𩔏顎說文面前岳岳

也隸作頔　樂說文五聲八音總名象鼓鞞木虡也亦姓　㨖抨也　觷礐治角也或

从石鸑鷟說文鸑鷟鳳屬神鳥也引春秋國語周之興也鸑鷟鳴於岐山江中有鸑鷟似鳧而大赤目或从隹騅馬白頟犨犨說文白牛也或作犨礉磽山多小石也或作磽鎨齊人謂大椎曰鎨○剝𠞸剛北角切說文裂也从彔彔刻割也或从卜亦作剛或書作切文三十皪皪犖雜色駁說文獸如馬[四一]鋸牙食虎豹駁[四二]駮說文馬色或从頁曓木落陰踈也爾雅毗劉曓樂郭璞說𣀣皰曝暴墳起也[四四]或从[四三]勺从肉亦省筋𢼂𢻱說文手足指節鳴也或作𢼂𢻱通作肑肑豕腴趵从足擊也䯧骨耑爆爆爇也一曰火聲或从暑𣀣㩧𢻱擊也或从手从勺[四六]曝吻怒聲或作吻爆爆悶也鷎水鳥爾雅[四五]雗鳥鷎似鳧而短頸鳩

[四一]倨

[四二]駁不純

[四三]勺

[四四]以

[四五]鵅鴇

鳥名爾雅鳲雉黃色自呼𥗾石也礐石聲也○璞玔匹角切玉素也或作玔文三十二樸說文木素也朴說文木皮也炑炑熚竹火聲墣圤說文塊也或从卜釙金釙㩧攴[四七]撲技扑攴博雅擊也或作攴撲技扑亦省暴大呼自勉也䩧[四八]柔革工颮颮颮衆多皃蠌蛇屬犦特牛曝曝聲也莊子曝然放杖而笑或从暑爆爆爇也或从暑䑹皮破起砧硝藥石䁤目暗也髑骨箭礐石聲爆心懣炦[五〇]火裂陃小瓜貝卜羡財也○雹雹弼角切說文雨冰也古作雹文四十五仢仢爾雅奔星爲仢[五一]或作仢鸔鳥名䶈骨鏃撲撲說文[五二]挨也或不省㩧撲博雅擊也或作㩧

[四七]攴

[四八]枚

[四九]曝

[五〇]炆

[五一]約

〔五三〕冤
〔五五〕牛
〔五六〕名
〔五七〕決
〔五八〕簨
〔六〇〕髺墾
〔六一〕熱

暴暴謈說文大呼自勉〔五三〕也或作暴謈　懪爆爾雅懪懪悶〔五四〕也或从暴　跑
博雅跑趵也一曰蹩之也　窇博雅窖〔五五〕也　駂駒獸名馬形牛尾一角或作駒　砲
砲硃石文　犦牛名即犎〔五六〕也領上肉犦肤起狀如橐駝郭璞說　䑠皰肉肤起一曰皮〔五七〕破或
作皰　豰豧說文小豚也或作豧　鰒說文海魚〔五八〕一說石決明藥旁有七空者良　皰
瓝瓟說文小瓜也或作瓝瓟　䀯怒目　䈏竹名　箹箹箕〔五八〕畚帶也　暴
歎〔五九〕暴乾橈也　薜器破裂也周禮髺〔六〇〕貇薜暴劉昌宗讀　服嗁呼也漢書諱服謝罪　爆
爆熱〔六一〕也或从暴　鞄說文柔革工也〔六二〕引周禮柔皮之工鮑氏鞄即鮑也　鑤鉋
杵頸謂之鑤或省　瀑瀑濡瀑水沸聲或从暴　穛槊唐衛仗名　雹水激也

〔六三〕美
〔六六〕胏
〔六九〕以舜箾

颮颮颮物自空隓〔六二〕皃　○邈墨角切邈邈悶也一曰遠也通作藐文十五　䫜
懇說文美〔六三〕也或从貌　攑擊也　皃貌容〔六四〕也或作貌　眊䁢目少精也一曰
眊眊思也或从毣〔六五〕　瞀低目謹視也一曰目不明　毣思皃一曰毛濡　藐藐艸名
說文茈艸也或从貌　䀝美目一曰目深　勱勤也　輦輣東　○朔色角切說文月一日
始蘇也一〔六六〕曰北方也亦姓古書作胏文二十九　數數爾雅疾也古作數　欶嗽〔六七〕嗽
嗍說文吮也或作〔六八〕嗽嗽嗍　矟槊鎙長矛或作槊亦从金　搠博雅塗也　箾
說文从〔六九〕竿擊人也引虞書樂曰箾韶　娕㛗娕嫿也　箾筲飯帚或省　颵大風雨皃
罰㩬罰罙罕形　揱說文〔七〇〕臂皃引周禮輻欲其揱　繳繀也或書作綃　溯

〔七一〕蒴藋　〔七二〕蕱　〔七三〕虜　〔七四〕齪　〔七五〕䶵　〔七六〕䃯　〔七七〕盄　〔八〇〕奚毒

溯渞濯潘也或从湖　蒴蒴藋藥艸〔七一〕　梢蒴蕱梢櫂木無枝柯長而殺者或作蒴〔七二〕蕱　櫟櫟虜〔七三〕縣名在臨淮　槊木名一曰柵也　鑿鏁也　消滐消水聲　○娕測角切說文謹也一曰善也或作嬂𡟗娖孎文二十八　嬂𡟗娖孎　齪〔七四〕䠞齱　促齪齪迫也或作蹴齱促　擉箸揀摍刺取鱉蜃也〔七五〕或作〔七六〕箸揀摍　簇作餅具　箹箹奞帶或作箹　䃯䃯〔七六〕䃯礫盤石或作䃯　盄〔七七〕杯也　珿博雅　鏃鋜齊也鋤也諺曰欲得穀馬耳鏃賈思勰說或从足　鑡闕人名王莽時有廉斯鑡　趗行也　葯艸名〔七八〕　槊柵也　趵足齊皃　餗鼎實〔七九〕　○捉側角切說文搤也文二十六　籗篧罩也或作篧　斮斬也　蕉䕷蘸藥艸博雅䕷奚〔八〇〕毒附子也或从

〔八一〕瀫　〔八二〕湪沂　〔八三〕濁　〔八四〕稓　〔八五〕剌　〔八六〕鸑　〔八七〕丵　〔八八〕䢾作　〔八九〕顧脰　〔九〇〕軌

禾从米　燋灼龜也　穛穛說文早取穀也一曰生穫曰穛熟穫曰稰或作穛　穱稻下種麥　擉刺也莊子擉鼈於江　鏃矢鏑也　箹奞帶也　㔉健也　汋井一有水一無水　○浞仕角切說文濡也文二十四　瀫灂〔八一〕說文水小聲也隷从爵一曰環瀫〔八二〕湪所鄂　汋瀫汋井一有水一無〔八三〕水　嶨澩山夏有水冬無水曰澩或不省　齺博雅齰也一曰齒相近皃　捔〔八四〕稓搸箸刺也或作〔八五〕稓搸箸　鋜足鈐　鸑鷟鳥名說文鸑〔八六〕鷟也或从隹　篧篧謂之罩　丵〔八七〕說文叢生艸也象丵嶽相並出也　嶲　䢾〔八八〕速也或从遳　濯明也詩鉤膺濯濯沈重讀　觷說文角長皃　鸀博雅　履也　啅衆聲　䃚碌䃚地不平一曰石也　數促也周〔八九〕禮數目○短脰李軌〔九〇〕讀

〔九一〕丑斵剅

〔九三〕豩

〔九五〕穛

〔九七〕鷙

〔九八〕謓

斵⿰畫斤剅斱竹角切說文斫也徐鍇曰𧯷器也〔九一〕斤以斵之或从丮畫亦从斤或作
剅斱文五十四㶊〔九二〕水名在臨湘⿱斵衣⿱⿰言豖衣博雅補也一曰長衣或从涿琢說文
治玉也⿰足豖〔九三〕跳也襡短衣鐲小鉦焯小熱斀椓劅說文去陰之刑也引
周書刖劓斀黥或作椓古作劅⿰豖攴㧻⿰豖戈豛說文擊也一曰擿也或从手从戈从殳卓〔九四〕
帛說文高也亦姓古作帛⿰禾卓〔九五〕踔說文特〔九六〕止也徐鍇曰特止卓立也或作踔倬
說文箸大也引詩倬彼雲漢騲〔九七〕騲鷙馬行不前皃䁍目明也晫明皃通作
箌卓大也𡣾謹也逴遠也趠疾走也〔九八〕諑博雅責也〔九九〕謓也啅衆口
皃啄噣說文鳥食也或作噣鵫鳥名爾雅鵗雉鵫雉⿰豖尨⿰犭尨⿰豖巴龍尾

〔一〇一〕豝

〔一〇二〕者或

〔一〇三〕闒

〔一〇四〕十

〔一〇五〕杈刺擉　〔一〇六〕博

〔一〇八〕木

〔一〇九〕北

一曰東方星名或从犬亦作豝〔一〇一〕通作豚豚博雅臀也一曰肥也涿⿰日巳說文流下滴也
上谷有涿縣奇〔一〇二〕字作⿰日巳籱篧籗罩⿱竹卓說文罩魚者也或並省亦作罩⿱竹卓
鯙魚名菿艸大皃濁闕人名史記孔子弟子有顏濁雛淖姓也⿰言卓
闕人名晉有韓⿰言卓闒〔一〇三〕水名山海經成山闒水出焉○逴趠敕角切說文遠也一
曰蹇〔一〇四〕也或从走文十八踔博雅跳踔無常也〔一〇五〕戳刺也一曰戳〔一〇六〕瘢痛至也晫
明也⿺辶倬博雅蹇也籗擉以杈刺泥中搏取龜鼈之屬鄭衆說或作獨⿱殸卓特〔一〇七〕止
也一曰禾〔一〇八〕名鯙水名罩⿱竹綽箌⿱竹卓捕魚器或作⿱竹綽箌⿱竹卓鵫雉名卓
高也⿱殸卓擊也倬箸大也○濁直角切說文水出齊郡厲嬀山東〔一〇九〕北入鉅定文二十八

[三〇]瀚　[三一]淖　[三二]舂　[三三]烏　[三四]雗　[三五]潒　[三七]櫂

蠋迹也 濯說文瀚[三〇]也通作淖[三一] 擢說文引也一曰拔也 戳舂[三二]也築也 嬥
直好也 鐲說文鉦也軍法司馬執鐲 藋蘿蒴藋藥艸或作蘿 ⿰忄蜀心不安也
鸐鳥名爾雅鸐山烏似鳥[三三]而小 鸐翟鵫雗鳥名爾雅鸐雉或作翟鵫[三四]
⿰犭卓犬猛噬 蠗說文禺屬一曰小蜃 涿潒[三五]地名一曰澤名或作潒 瀆
數也 躅蹢躅行不進 淖濡甚也 嬥[三六]博雅好也 籗竹名 霍大雨 擢[三七]
梢櫂木直上皃 欘[三八]鋤也 玃獸名似鹿白尾 ○搦⿰弱攴昵角切持也或从攴文十
掉搖也 搙搵也 ⿰角卓握也 ⿰角弓⿰角弱調弓也或不省 溺⿰亻水没也莊子大浸
稽天而不溺或作⿰亻水 蒻蒻[三九]蒻豆也 ○犖力角切說文駁牛也一曰地名在宋文十二 ⿰口犖

[四〇]⿰革翟　[四一]⿰牜隺　[一]日　[二]瘍

啅嘩辯[四〇]捉也 嶨石相叩謂之嶨 爍樂爆爍葉疎皃或省 濼水名在齊魯間
躒礫逴躒超絕也或从石通作犖 碌碌磟石地不平也通作礫 ⿰革翟⿰革翏[illegible]
皮堅也或作⿰革翏 ⿰牜寉[四一]白牛
五○質職曰[一]切說文以物相贅一曰朴也成也正也形也亦國名文二十七 鑕鐵椹
⿰口質⿰言質說文野人之言或从言 懫博雅止也 ⿰月質⿰月質䏶藥也可治金瘍[二]通作質
劕劕劑券也長曰劕[三]短曰劑通作質 晊爾雅大也一曰明也 桎說文足械也 櫍[四]
說文柎也 礩[五]說文柱下石 侄博雅擊[六]也 ⿰至見眰視也或从目 郅說文北地
郁郅縣一曰至也亦姓 隲說文牡馬也一曰陞也定也 蛭蟲名說文蟣也一曰水蛭

〔七〕很　〔八〕吒　〔一〇〕人　〔一一〕㤜　〔一二〕〇　〔一三〕常　〔一四〕馸

恎很〔七〕也躓跲也⿴門至門闔謂之⿴門至瓆闕人名後漢有劉瓆⿰氵質身寒皃⿰馬質馬名銍縣名摯姓也輊車前重⿰女質女字○失式質切說文縱也文三室說文實也从宀从至至所止也⿰革室刀削謂之⿰革室通作室○吒〔八〕嘯尺栗切說文訶也或〔九〕作嘯文四妷女不謹也鴩鳥聲○實食質切說文富也从宀从貫貫貨貝也古作⿱宀貫宲文四溢米二十四分升之一也一曰滿手爲溢儀禮一溢米劉昌宗說○日𡆠入〔一〇〕質切說文實也太陽之精不虧从口〔一二〕一象形唐武后作𡆠文十六⿱艹日艸名昵暱親也或作暱跮說文到也⿺辶至說文近也⿰巾刃〔一一〕⿰巾日枕巾或从日⿰舟日舟飾釖鈍也衵說文日日所裳〔一三〕衣馹馸〔一四〕說文驛傳也或作馸⿰黍日⿰黍刃黏也

〔一五〕衛　〔一六〕絲　〔一七〕竿　〔一八〕衛　〔一九〕⿰彳率　〔二〇〕从　〔二一〕作　〔二二〕厀　腳卩　〔二四〕名　〔二五〕傳　〔二六〕⿰衤悉　〔二七〕膝　〔二八〕四　〔二九〕窸

或从刃○率繂〔一五〕朔律切說文捕鳥畢也象絲〔一六〕罔上下其竿〔一七〕柄也一曰領也從也自也古作繂通作衛文十九⿰素率說文素屬⿴行率衛說文將衛〔一八〕也古作衛⿰木率木名⿺辶率說文先道也帥帨說文佩巾也或作帨⿰彳率〔一九〕行皃⿰率風風聲⿰率刂割也蟀⿱率虫蟋蟀〔二〇〕蟲名或作帥膟腸間脂咰飲也史記楚先有熊咰是爲蚡冒⿰衤率衣也褐謂之⿰衤率⿰口率聲也⿰片率板也○悉恖〔二一〕息七切說文詳盡也古作恖文十八⿰米悉粲也僁偦爾雅〔二二〕聲也或从偦厀〔二三〕膝⿰月厀說文脛頭卩也或作膝亦从厀⿱艹膝⿱艹厀牛藤藥艸或作⿱艹厀蟋蟋蟀蟲〔二四〕⿰衤悉博〔二五〕雅衸祏⿰衤悉〔二六〕⿰衤桼〔二七〕也⿰木厀木名可爲杖⿰彳悉⿰彳悉⿰彳胥搖也四關中謂四數爲四〔二八〕駟四乘馬肆放也窸〔二九〕從穴出也○七戚悉切說

[三一]衷「也」 [三二]汁
[三三]漆 [三五]榔
[三六]䓞 [三七]𨛍 [三八]䳉 [三九]叱
[四〇]鯚
[四一]沏
[四二]蝍 腹
[四三]堲
[五一]廿𣧞㾪 [五〇]濺

文陽之[三一]正也从一微陰从中衷出也文十四桼蜶榛說文木可以髤物象形桼如水
滴而下古作蜶或作榛漆[三三]泶說文水出右扶風杜陵岐山東[三四]入渭一曰入洛亦姓或作涞[三五]榔
說文木[三六]可爲杖䓞茦艸名似蘇或作茦𨛍[三七]說文齊地也䳉[三八]說文鳥也叱[三九]
聲也莊子叱者吸者徐邈讀鯚[四〇]魰魚名或从七○堲即子悉切疾也書朕堲
讒說一曰燒土也禮夏后氏堲周一曰燭燼或作𡌛[四二]文十七沏[四一]灑[四二]也扻𢷾摘也或作𢷾
㞢𧉨[四三]蟲名方言蜻其鷑者謂之𧉨或从虫榔榔栗木名[四五]𪕋鼠聲蝍蟲名爾雅
蒺藜蝍似蝗而大𧍧蝍博雅蝍[四六]蛆或省通作堲[四七]𥝩秭稷禾重生喞吅喞
言多也窸窸窣鼠在穴中聲洼淖[四八]𪐝也[四九]唧啾唧衆聲○疾廿[五〇]𣧞

集韻校本

[五二]𢙐
[五三]關
[五五]嘁
[五六]華 [五七]畢華華㓾
[五八]𩞄
[五九]𩞄

㾪昨悉切說文病也古作廿籀作𣧞㾪文十五㑵嫉𢙐說文妎也一曰毒也或从
女从心[五二]亦書作㑵𢪃拭也㮷爾雅關[五三]謂之㮷一名枅蒺[五四]蒺藜藥艸螏螏螫蟲名
似蝗食蛇腦或書作螏通作蒺𧩜語速一曰毒也嘁[五五]嘁疾聲也𧼣走遽也鏃
鏃鏑鐵鍋○必壁吉切說文分極也文四十八華[五六]箕屬[五七]畢𣫔罼說文田罔也从
華象畢形微也一曰貫牲體木或省亦从冈畢一曰終也又國名亦姓𣪍說文戰盡也饆
𪍿饆饠餅屬[五八]鐵从麥𧢄觱說文羌人所吹角屠觱以驚馬也或省俗作觱非是熚
說文熚[五九]火皃滭𩗗颮說文風寒也或作𩗗颮𧢄滭泉沸也或
省亦从畢珌琿說文佩刀下飾天子以玉或从畢鞸韍也通作畢篳彃說文

[六〇]日　[六三]穜　[六四]敌

躲弛引楚詞弓焉彈曰[六〇]一曰弦也韠韍鞸說文韍也所以蔽前以韋下廣二尺上[六一]廣一尺其頸五寸一命縕韠再命赤韠或从皮从革通作縪⿰走畢蹕⿰亻畢說文止行也或从足从人通作譁⿰女畢[六二]博雅母也⿰見畢見也篳說文藩落也引春秋傳篳門圭窬通作蓽⿰山畢終南山道名通作畢⿰虫畢蟲名⿰木畢說文木也鷝鷝鴂鳥名青色白面一曰水澤神⿰犭畢獸名鮅⿰魚畢魚名或从畢蔽小皃詩蔽芾甘棠沈重讀縪博雅縫也一曰約束一曰冠縫著武也鉍矛[六三]穜謂之鉍⿰酉𥁑飲盡也⿰礻畢竈上祭咇嗶咇嘶聲出皃或从畢邲地名泌水皃蓽豆也荊也一曰蓽蒀艸名羊蹄也⿰言畢敬[六四]也○匹僻吉切說文四丈也从八匸八揲一匹一曰偶也俗作疋非是文七妼女字鴄

[六五]鵯　[六六]鵖　[六七]簿　[六八]⿰比卩　[七〇]榆醔　[七一]稨　[七二]刺

畢鳥名爾雅鷽斯鵯[六五]鶌或作畢⿰扌必博雅刺也鴄鳥名廣雅鶌[六六]也通作匹⿰口匹⿰口匹⿰口匹唾皃○邲簿[六七]必切地名在鄭文三十一坒地相連次⿰比卩[六八]說文輔信也引虞書⿰比卩成五服比次也怭怭怭慢也詩威儀怭怭佖[六九]說文威儀也引詩威儀佖佖泌泉水皃⿰酉𥁑飲酒盡一曰揄[七〇]醔飶說文食之香也引詩有飶其香苾馝⿰黍必稨[七一]說文馨香也或从香从黍亦作稨縪縫也妼婦容咇言不明⿰必欠吹也⿰革必鞸⿰革比說文車束也或从畢从比柲鉍戈柄也一曰偶也或从金吡吡吡鳥聲⿰扌必刺[七二]也擊也駜⿰馬复說文馬飽也引詩有駜有駜或作⿰馬复鮅說文魚名鮩魚名縪紒也⿰虫必蠭屬笓次也○蠠蜜⿱宓䖵覓畢切說文蠭甘飴也一曰螟子或从宓

从蚰俗作蜜非是文二十二 蠠⿱黽虫 爾雅蠠沒勉也或从黽 ⿱必皿 說文拭器也 宓

密𡪠 默也安也或作密𡪠 蔤⿱艹蜜 說文芙蕖本或从蜜 謐 說文靜語也一曰無

聲一曰慎也 䁇 不可測量也 醓 說文飲酒俱盡也 榓樒 字林香木也似

槐或从密 ⿰⿱必皿鳥 鳥名 溢滵⿰氵宓 溢溢水皃或作滵亦省 搵 拭也 淧 淧洼涅淖

○筆笔 逼密切所以書也說文秦謂之筆或作笔文十三 ⿰口筆 鳴也 潷滗

⿰氵皀 博雅潷也一曰去滓或从笔从皀 ⿰王筆 玉管 柲鉍 戈柄或从金 ⿰扌筆

刺也 咇 咇喞多言也 蹕 走也 畢 揑畢撞也 ○⿰弓西弻⿰弜攴⿰弜犮⿱弗弓弼

拂邲費悲 薄宓切說文輔也重也徐鍇曰西舌也舌柔而弱剛以柔从剛輔弼之意或从

集韻入聲九

〔七七〕淧泹

〔七九〕刺

〔八〇〕佖卬密

二西古作弜攴費隸作弼或作拂邲費悲通作佛說文右戾也象左引之形文二十三 ⿱大弗 說文

大也或書作獙費 怭 慢也 佖 威儀備也 邲 地名 ⿰禾弗 ⿰禾弗䅖禾重生 鴓 鶝鴓

鳥名 駜 馬肥皃 柫 連枷也 咈 違也 韍 束也 佛 佛仡勇壯 胇䏟

胇肸大皃或从必 ○密⿱必山 莫筆切說文山如堂者或省密一曰靜也近也秘也亦州名又

姓俗作宻非是文二十一 ⿱竹密 竹名空小而有穰 蠠 蠠沒勉也 ⿰言录 見鬼詞 宓

說文安也通作密 䁇 䁇䁇不測也 沕 潛藏也一曰塵濁謂之沕 滵 水流疾皃

⿰密鳥⿰宓鳥⿰馬⿱必皿 ⿰密鳥肌鳥名或省亦作⿰馬⿱必皿通作密 蔤⿱艹⿱必山 荷本也或作⿱艹⿱必山 樒 香木 聁

⿰目必 方言慦也趙魏曰聁或从目 醓 醓醢醬也 ⿱否日舀 不見也或作舀 鴓

〔八一〕獙

〔八二〕肸

〔八三〕舀

〔八四〕庢　〔八五〕盩　〔八六〕⿸厂⿺廴至　〔八七〕抵　〔八八〕⿰金坙　〔八九〕軌　〔九〇〕抶　〔九二〕蛭

鳥名如鶪○窒陟栗切說文塞也文二十七〔八六〕庢〔八四〕說文礙止也一曰盩〔八五〕厔雍縣名鴃扻也觸也⿰言窒謐詮言無倫脊也⿸厂⿺廴至倦⿸厂⿺廴至牴〔八七〕牾也一曰不循理⿰矢至短也挃秷

⿰禾窒說文穫禾聲也引詩穫之挃挃或从禾从窒⿰金坙〔八八〕⿰金窒銍說文穫禾短鎌也或从窒隸作銍⿺辶窒近也⿰口窒博雅咄也⿰飠至⿰飠至人地名一曰刈禾人通作銍⿰齒至⿰齒窒說文齒堅也或从窒⿰虫窒蟲名方言螻⿰虫窒謂之螻蛄郅胵郁郅地名或作胵鷙卓鷙行不平也李軌〔八九〕說路廣雅蹢躅路跌也⿰耳窒聽不聰也

⿰扌窒擣也通作挃侄〔九一〕癡皃一曰侄佷不前也蛭〔九二〕蟲名爾雅蛭蝚至掌○抶勑栗切說文笞擊也文十三咥欪笑也或作欪眣眰說文目不正也或从至

〔九三〕互　〔九四〕⿰革長　〔九五〕弟　〔九六〕戜　〔九七〕藷　〔九八〕擊

跮跮蹏互前却也紩縫也鷙卓鷙行不平也⿰革長〔九四〕笑皃莊子⿰革長然而笑徐邈讀呹聲也⿰鬼失妷厲鬼或从夕⿰齒至齧聲○秩直質切說文積也引詩積之秩秩一曰常也次也文二十三豑⿰豊失說文爵之次第〔九五〕也引虞書平豑東作或从失通作秩紩

鉄說文縫也一曰索也或从金帙袠說文書衣也或从衣亦姓紩⿰馬風索柣爾雅柣謂之閾一曰砌也姪妷兄弟之子或从失戜〔九六〕說文大也⿺走戜說文走也猣猣猣飛舒遲皃茎茎著〔九七〕艸〔九九〕名⿰亻邑字林⿰亻邑⿰亻邑勇壯一曰行皃抶擊〔九八〕也挃爾雅獲也戜國名山海經戜國在三苗之東洷水也袟〔一〇〇〕劒衣鮇魚名袟祭有次也○𠧪⿱⿰卤卤木⿱⿰覀覀木栗力質切說文木也其實下垂故从卤古作⿱⿰卤卤木徐巡說木至西方戰

〔一〇一〕藰　〔一〇二〕觱　〔一〇三〕剌　〔一〇四〕[illegible]

㮚亦姓隷作栗文二十八慄[illegible]爾雅懼也或从㮚[illegible]瑮說文玉英華羅列秩秩也引逸論語玉粲之璱兮其瑮猛也或作瑮[illegible]黃色繒[illegible]剽削也或作剽莅臨也一曰藰〔一〇一〕莅林木鼓動之聲顏師古說摽以手理物溧說文水出丹陽溧陽縣凓說文寒也塛塞也颲䬆說文風雨暴疾也或从栗䔁艸名篥〔一〇二〕觱篥胡人吹葭管也㟎膘山名或从月嘌嘍嘌〔一〇三〕聱也鷅爾雅鳥少美長醜爲鶹鷅麜牝麕也轢車名[illegible]穈穈積禾皃[illegible]刷纑具○暱昵尼質切說文日近也引春秋傳私降暱燕或从尼文十三[illegible]愧也衵婦人近身衣尼爾雅止也一曰近也䵒䵑說文黏也引春秋傳不義不䵒或从刃痆痒也〔一〇四〕秜稻先熟者蠠

〔一〇五〕[illegible]　〔一〇六〕逸　〔一〇八〕吚　〔一一〇〕六　〔一一一〕升　〔一一二〕升　〔一一三〕[illegible]　〔一一四〕漫　〔一一六〕婸

〔一〇五〕[illegible]蟲一曰蟲食病暱小目[illegible]木名神異經南方大荒之中有樹名[illegible]其高百丈匿隱也○逸〔一〇六〕䢊〔一〇七〕弋質切說文失也从辵兔兔謾訑善逃也古作䢊通作劮文〔一〇九〕二十六詄忘也吚〔一〇八〕詮詞一曰喜也佚說文佚民也一曰佚忽也佾𢓜說文舞行列也古作𢓜軼說文車相出也一曰侵軼泆說文水所蕩泆也突〔一一〇〕穴也溢洫說文器滿也一曰米二十四分〔一一一〕外之一也或省鎰二十四兩〔一一二〕爲鎰一曰米謂二十四分外之一通作溢紩縷一枝也[illegible]麋鹿受食處駃馬足疾鴃水鳥名失放也鄭司〔一一五〕農曰放失六畜[illegible]〔一一三〕鳥卵坼也禮卵生者不[illegible]范宣讀迭過也〔一一四〕浸也洫深意莊子老而愈洫郭象讀秩鳥名爾雅秩秩海雉如雉而黑在海中山上施乾讀劮婸〔一一六〕博雅劮婸也或

【一七】逸　【一九】博　【一八】闐

【二四】孑　【二五】黑

作娭　遙【一七】廣雅置也　咲疾也一曰羊呞皃　○敁闐【一八】吉切博【一九】雅喜也文七　佶
行皃　欯說也一曰無慙　怙【二〇】怖也　【二一】咥　咭笑皃或从吉　⿵風吉風皃　○詰
喫吉切說文問也文八　趌說文趌趨怒走也　【二二】⿰多吉多也　⿰馬吉馬色也　劼用力也
蛣蟲名說文蛣蚰蝎也　髻竈神名著赤衣狀如美女　欯無慙也　○吉
激質切說文善也亦姓文十六　拮拮据手病詩余手拮据　郆地名　趌趌趨走皃
鞊鞅也　⿺走戠走皃　結繫也　洁水名　狤狂也一曰狤猖獸名出西域噉熏陸香身
無毛　秸鴶秸鞠鳴鳩也或【二三】作鴶　髻竈神名莊子竈有髻李軌說　蛣蛣蟩井中
蟲名　孑博雅孑孑短也一曰無右臂　郅郅偈竿杠皃顔師古說　詖懸【二四】跛　○一

【二六】古　【二七】壹

【二九】嬮

【三〇】饗

【三一】吳

【三三】乙

【三二】仡

【三四】冤

弌益悉切說文惟初太始【二六】道立於一造分天地化成萬物或作弌文七　壹說【二七】文嫥壹也【二八】
嬉嬉厭【二九】婦人皃　噎饐䭇食塞咽也或作饐䭇　○肸黑乙切說文饗【三〇】布也
从十从肸徐鍇曰肸振肸也文一　○暨戟乙切已也亦姓具【三一】有暨鹽文二　疙博雅
癡也　○姞吉郅極【三二】乙切說文黃帝之後百鰍姓后稷妃家也或作吉郅姞一曰謹也文十
一　佶說文正也引詩既佶且閑　趌直行也　狤狂也　鮚蚌也會稽有鮚醬
⿰乞力有力也　仡【三二】壯勇也　芞香艸也　趌怒走也　○乙億姞切說文象春艸
木冤【三四】曲而出陰气尚彊其出乙乙也亦姓文七　鳦玄鳥也或通作乙【三三】　汔水涸今謂去飯
水爲汔　⿰食乞臭也　吃吃吃聲也　⿰壴乞博雅貪也　軋輾也　○拂普密切拂汨風

〔一三六〕聲〔一三七〕聉〔一三八〕舡
〔一三九〕䓽〔一四〇〕也〔一四一〕[illegible]
〔一四二〕[illegible]〔一四三〕䶵〔一四四〕小山〔一四五〕颮
〔一四七〕䀢
〔一四八〕汩〔一四九〕流〔一五〇〕蚎

動皃文一○耴逆乙切聲〔一三六〕耴魚鳥之狀文十〔一三五〕疙博雅癡也聉〔一三七〕無知意也舡〔一三八〕舟行

皃䓽〔一三九〕斷也圪說文牆高皃詩崇墉圪圪屹〔一四〇〕山危皃[illegible]〔一四一〕水流皃[illegible]〔一四二〕

[illegible][illegible]動也听笑皃䶵〔一四三〕危也刉截也嵲〔一四四〕山小也○颮[illegible]越筆切說文大

風也或作颮文十一位居有著定也〔一四六〕扢博雅投也驈驪馬白跨也䀢〔一四七〕目動[illegible]

〔一四八〕汩泧說文水〔一四九〕也或作汩泧蚎〔一五〇〕蟚蛇似蟹蒁艸名○欯咭〔一五一〕火一切博雅欯

欯喜也或作咭文二○茁莊出切艸初生皃文一○[illegible]地一切老也文三垤蟻封

蛭蟲名○茁厥律切艸初生皃文四[illegible]谷名繘綆也蕎艸名○絀

式聿切縫也一曰出皃文一○窒得悉切塞也文二挃廣雅擿也○[illegible]楚律切斷

〔一五二〕祋
〔一五三〕从〔一五四〕[illegible]
〔一五五〕怴
〔一五六〕䀢〔一五七〕㾖
〔一五八〕[illegible]

也割也文一○祋〔一五二〕都律切殳也文一○屈僪其述切狂屈倜張似人而非也李頤

說或作僪文五䞔走皃𨣫𪉑博雅醬也或从卤○佶其吉切壯健皃文四吉

姓也詩謂之尹吉鮚鮚鮚大蛤咭笑皃○驈戶橘切驪馬白跨文一穴孔也

○眤䁥乃〔一五三〕詰切近也或作匿文二○矞獝[illegible][illegible]〔一五四〕休必切驚遽皃禮鳥不矞

或作獝[illegible][illegible]文十六眈直視也眓急速泧水流皃[illegible]衆走皃炦〔一五五〕狂也

齊人語一曰怒也〔一五六〕瞲晟䀢〔一五六〕目深皃或作晟䀢亦書作眓怵怴㾖〔一五七〕博雅狂也

或作[illegible]〔一五八〕風也怴㾖○貀女律切獸名無前足文二柮斷也吶語不明○繘

其律切綆也文九[illegible]遹狂走皃或从辵僪[illegible]狂鬼或从鬼𨣫醬也遹

〔五九〕天　〔六〇〕文

〔二〕技　〔三〕浸　〔四〕𪗬　〔五〕越　〔六〕蟥

趉走皃或从出〔五八〕　矞錐穿物　○[illegible]魚一切闕易其人天〔五九〕且[illegible]王肅讀〔六〇〕文一　柣丈一切閾也文一　○齣測瑟切齧聲文一　○[illegible]則律切吳人呼短文二　[illegible]〔一〕鷄子出殼聲　六　○術食律切說文邑中道也一曰技〔二〕也文二十八　述遱說文循也亦姓籀从秫　沭[illegible]說文水出〔三〕青州一曰拔也　齣〔四〕說文齣齒也　潏爾雅水中可居者曰洲人所爲爲潏　[illegible]說文艸也　鉥說文綦鍼也　絉縷也　[illegible]衣開孔也　矞博雅穿也　[illegible]高也　[illegible]衣[illegible]　[illegible]〔五〕走皃　噊爾雅危也　秫朮說文稷之黏者或省　驈[illegible]說文驪馬白胯也引詩有驈有騜或从聿　鱊鱊魣魚名　[illegible]蝗〔六〕也　繘綆也　遹

集韻入聲九　三七

〔七〕軏　〔九〕達也　〔一〇〕卹

〔一二〕謚　〔一三〕含　〔一四〕[illegible]　〔一五〕[illegible]　〔一六〕[illegible]　〔一七〕[illegible]　〔一八〕雞　〔一九〕殼

集韻入聲九　三七

邪也詩潰潰回遹　馽馬絆也莊子連之以羈馽李軌〔七〕讀　鷸[illegible]翠羽鳥也或作[illegible]〔八〕　茁艸華　○出尺律切說文進也象艸木益滋上出達〔九〕也文一　○卹〔一〇〕雪律切說文憂也一曰鮮少也〔一一〕文二十二　恤說文憂也收也　賉賑也　訹怵鉥說文誘也或作怵鉥　[illegible]靜也　戌〔一二〕說文滅也九月陽气微萬物畢成陽下入地也五行土生於戊盛於戌从戊含〔一三〕一　珬球珂謂之珬或作球　[illegible]〔一四〕姐也　沭沭沭水流皃　[illegible]鋸聲一曰鉥[illegible]瑣[illegible]也　[illegible]水蟲名海蟀也　哾欰聲也或作欰　[illegible]〔一五〕不能行也　[illegible]說文鳥也　[illegible]〔一六〕頹也　祟鬼神爲厲　[illegible]小風〔一七〕　[illegible]絆前足　○[illegible]之出切頭皃文五　茁艸名葫蘗也　[illegible]短出也　[illegible]鷄〔一八〕出鷇〔一九〕聲　崛山皃　○焌促律切燒也一曰火滅文三　黢

〔三〇〕錊　〔三一〕僪
〔三二〕同
〔三四〕踊

黑也卒終也〇卒即聿切終也文八啐啐嗺聲也〔三〇〕欸口飲謂之欸淬
淬沒水皃𣨛說文大夫死曰𣨛通作卒𩺓魚名僪也〔三一〕一曰鮪別名崒山高皃綷
周也宋〔三二〕譎語〇崒卒昨律切爾雅崒者厜屭或作卒文十二翙飛疾皃踤
踊也捽博雅〔三四〕持也誶讓也箤笭也啐嘈啐衆聲也萃聚也顇顦顇短皃一曰
關中謂癯弱爲顦顇悴憂也淬流也〇怞竹律切憂心皃文十六絀縫謂之絀
窋將出穴皃一曰空也一曰不窋后稷子名茁艸初生皃遪趨也泏說文
水皃罬雉罟窶𦌽𡢁面短皃或作𦌽𡢁𥏣䂐𫝆短皃或从矢从人
笜竹筍生皃嗤聲也炪火聲〇黜詘出勑律切說文貶下也或从言亦

〔三七〕虔
〔三八〕孚
〔三九〕建

作出通作絀文十三絀說文縫也趉走出也跊𤞞山海經流沙之東有獸左右有
首名曰跊踢或从犬怵說文恐也〔三七〕怞憂怖也炪火聲一曰炪爩煙皃欪說文
咄欪無慙也一曰無腸意𤵸爾雅狂也泏水流皃〇𦬁朮直律切艸名說文山
薊也或作术通作蒁文八趉走皃炢煙也袜博雅鉥衣也窋鑿穴居也墜
隕也蒁艸名小薊也〇律劣戌切說文均布也一曰法也述也陽管謂之律文二十九
寽說文五指持也〔三八〕繂索也或从糸䅻糲米或从米㣻憂悶也
嵂崒嵂山高皃𨐈博雅紩繂素也捽去滓汁曰捽類似也淚關中謂目
汁曰淚述艸名建〔三九〕术也一曰遾建行不美𦞂膟說文血祭肉也或从率一曰腸

【三〇】昳　【三三】从臼　【三四】駊彼

脂⿰虫聿⿰虫聿蟲名或省率約數也⿱艹率博雅始也一曰艸孚甲出也葎說文

艸也似葛有刺⿰口律⿰口率呼鳴也或从率从乎⿱竹率箻竹管以射鳥或从律㠥

壘鬱㠥不平皃或省⿺鬼坴鬼名○聿允律切說文所以書也楚謂之聿吴謂之不律

燕謂之弗一曰述也遂也文三十二遹說文回避也一曰述也⿺走矞說文狂走也昳[三〇]

說文詮詞也引詩昳求厥寧茟艸名蔾也獝獸走皃紌縷一枚也矞說文以錐

有所穿也一曰滿有所出霱卿雲謂之霱通作矞⿵風矞[三一]疾風燏火光[三二]皃潏水流

皃繘⿰絲矞⿱𦥑絲說文綆也古从絲籒作臼[三三]銉針也鐍錐也⿰糸聿長也噊說文

危也一曰鳴也鴥⿰羽矞[三四]說文鸇飛皃引詩⿰馬穴彼晨風或作⿰羽矞⿰矞出出也鷸⿺辶鷸說文

【三五】旁　【三六】建　【三七】橘　【三八】醬　【一】瀏　【二】比　【三】汩

知天將雨鳥也引禮知天文者冠鷸或从遹⿰虫矞蟲名說文⿰虫矞蟥也驈⿰馬聿驪馬白跨

也或从聿鱊魚名爾雅鱊鮬鱖鯞[三五]芛爾雅⿱艹潏芛葟華榮謂艸木華初生也沭水名

出東莞僪日傍氣也呂不韋說通作矞建[三六]行皃○橘訣律切說文果出江南文

九⿱艹矞艸名廣志⿱艹矞子生可食一曰馬芹⿰月矞月在乙曰⿰月矞一曰月見西方通作橘[三七]⿰酉矞

說[三八]文醬也繘⿰絲矞博雅繘絡綆也或从絲趥說文走意也⿺走矞⿰足矞狂走或从

足

七○櫛楖扻[一]側瑟切說文梳比[二]之總名也或作楖扻文十一揤廣雅拭也⿰禾節

⿰禾即⿰禾弗⿰禾節禾重生皃或省⿰口節喞咇⿰口節聲出皃或省⿰氵節⿰氵節汩[三]水流皃札甲葉

〔四〕第　〔五〕爽爽　〔六〕炮　〔七〕帶　〔八〕玉瓚　〔一〇〕刺　〔一一〕刺　〔一二〕劈　〔一三〕刺　〔一四〕誎　〔一五〕沏　〔一六〕喙

也春秋傳蹲甲而射之徹七札徐邈讀〔四〕第牀也○瑟〔五〕爽爽㲋色櫛切〔六〕說文庖
犧所作弦樂一曰衆多皃一曰矜莊皃一曰泉流皃古作爽爽㲋文十七瑟邮邺〔九〕琗
琗說文玉英華相〔七〕帶如瑟弦引詩瑟彼〔八〕玉瓚或作邮邺琗琗通作瑟繉繉繉色也通作
瑟飋飋颵風皃蝨虱說文齧人蝨或省⿰口瑟吡聲⿰瑟刂刺〔一〇〕也⿰虫瑟蟋
⿰虫瑟蟋蟲名促織也或从悉○〔一一〕⿰桼刂⿱薛刀刺⿰桼刂測乙切博雅割也〔一二〕或作劈〔一三〕刺剌文十⿰齒卒
⿰齒卒齚也或从出〔一四〕⿰言桼[illegible]誎私言⿰桼見見也〔一五〕沏流皃〔一六〕⿰口桼吡聲○⿰齒出食櫛
切說文⿰齒出齒也文一
八○勿𣃦文拂切說文州里所建旗也象其柄有三游雜帛幅半異所以趣民故遽稱勿

〔二〕牽　〔三〕雜　〔四〕穆　〔五〕瞑　〔六〕祓　祭　〔七〕形　〔八〕甲　〔九〕翳　〔一〇〕翇

勿或作𣃦一曰勿莫也文十二物說文萬物也牛爲大物天地之數起〔二〕牽牛故从牛勿聲一曰
事也岉崛岉高皃伆〔三〕雜也沕沕〔四〕穆深微皃昒未明也粅粅粅粉皃芴
艸名說文菲也⿺辶勿遠也笏笢笏緐密皃⿰目勿瞑〔五〕也○拂敷勿切說文過擊也文二
十三⿰目弗博雅曝也刜斷也髴佛說文髴若似也或从亻⿰巾弗[illegible]髮也柫
柭說文擊禾連枷也或从犮〔六〕祓⿰礻弗說文除惡祭也或作⿰礻弗甶說文鬼頭也象
物〔七〕佛說文見不審也蛂〔八〕田蟲艴色怒也孟子艴然不悅一曰畫工設色⿰足弗
說文跳也[illegible][illegible]炥說文燁[illegible]也或省亦作炥岪說文山脅道也[illegible]石隕聲
⿺走弗說文走也茀茀離艸木醫薈也袚蠻夷衣⿰耳弗視皃⿱雨弗雲皃〔一〇〕翇舞羽

[一二]作
[一三]亞
[一四]橋
[一五]市帶芾
[一六]黻
[一七]獙
[一八]治

帗方言帗縷毳也謂物之行敝　笰博雅箭也通作茀　[言弗]樂聲乍[一二]息皃　孛
艸木盛皃　㡤囊滿裂也　[弗水]沸灑也或作沸　○弗亞[一三]分物切說文橋[一四]也古
作亞文四十七　乀說文左戾也　不無也通作弗　[一五]市韍韠說文韠也上古衣蔽
前而已市以象之天子朱市諸侯赤市大夫葱衡从巾象連帶之形或从韋犮亦从弗通作芾　[一六]黻
說文黑與青相次文或作黻古通作茀　紱[糸市]綬也或从市　袚博雅袚襪
襏也　綍引車索　紼說文亂系也或書作[弗糸]　翇帗說文樂舞執全羽以祀社稷也
或从巾亦　[弗大]博雅大[一七]也或書作[奔弗]獙　刜說文擊也　[弗阝]姓也漢有[弗阝]修　[一八]茀
說文道多艸不可行　[革弗]輿革後謂之[革弗]通作笰　笰箭也一曰笄謂之笰　柫治禾

[一九]芾
[二一]日
[二二]滭
[二三]絲
[二四]笈
[二五]絙
[二七]勃
[二八]鬐
[二九]燹
[三〇]佹
[三二]迣
[三三]觳

具　芾[一九]艸木盛[二〇]也　沷寒池[二一]說文一曰滭沷之　颫颰小風謂之颫一曰疾風或作颰
沸說文畢[二二]沸濫泉　襏襏襫雨衣　[雨犮]雨皃　紑鮮絜皃詩絲[二三]衣其[二六]紑　蔽后車以翟
羽為飾也鄭康成說通作茀　茇[二四][竹斤]葦絙[二五]也　胈股肉膚　蛂甲蟲也大如虎豆綠色
岪山脅道　誖[二七]𢟪[或𢟪]僥亂也或作𢟪[或𢟪]僥　[二八]鬐髴首飾或作髴
[二九]燹[或炎]炥熚燹火不時出而滅一曰鬼火一曰火盛皃或省亦从弗　祓祭名　費
佹[三〇]也　○佛拂符勿切大也一曰[三一]戾也或作拂文二十一　咈說文違也引周書咈其耇
長通作拂[三二]　𧼮走也　怫弗說文鬱也或作弗　𨁃𧼮跳也或从走　刜
擊[三三]也　[觳攴][燹攴]𢿫理也或从[燹]亦作𢿫　岪岪鬱山皃一曰山曲或書作㟴　炥火皃

［一］餼　［二］蠁　［三］茴

坲坲埻塵起也茀艸木衆多皃⿱弗大博雅大也⿰弗力多力皃或書作⿱弗力砩
石名⿰舟弗大船費俿也
九〇迄愾訖許訖切爾雅至也或作愾訖說文十九仡壯勇也餼⿰食愾
餼［一］餉也或从氣从氣忔博雅喜也⿰言希⿰言希語也一曰語難皃肸說文響［二］布也从
十从肸徐鍇曰肸振肸也釳說文乘輿馬頭上防釳插以翟尾鐵翮象角所以防網羅釳去之
汔說文水涸也引詩汔可小康一曰泣下一曰幾也芞香艸爾雅藒車芞輿茴［三］
吳王孫休子字扢奮舞皃一曰喜皃肸說文振肸也忥癡皃⿰扌⿰乞欠舉出也［四］⿱⿰医乞日
笑聲〇气乞欺訖切取也或省文五芞艸名說文芞輿也契字林契丹

集韻入聲九　昌

［五］⿰乞欠　［六］潰　［七］冤　［八］飲（食）　［九］舡　［一〇］⿰⿱巛夕力

北夷號吃吃吃笑皃〇訖居乙切說文止也文八吃⿰乞欠［五］說文言蹇難也或作
迄扢擊也暨及也亦姓魟魚游也一曰魚名趌直行皃⿰禾乞舂粟不潰［六］
〇趌其迄切直行也文六⿰幾乞相切近也汔幾也扢奮舞皃芞芞藇
艸名仡勇皃〇乙於乞切東方之日也象春艸木冤曲其出乙乙也文二圪高皃〇
疙忥魚乙切癡皃或作忥文十五趌說文直行也仡說文勇壯也引周書仡仡
勇夫圪說文牆高皃引詩崇墉圪圪屹阣屹崪山皃或从阜⿰乞虎說文虎皃
或書作⿰虍乞疑正立自定皃儀禮婦疑立于席西忔心不欲也史記數忔飲［八］扢
奮舞皃一曰擊也舡［九］舟行謂之舡⿰⿱巛夕力［一〇］動也⿱山⿰辛力斷也釳乘輿馬首刀所以割網羅

集韻入聲十一　昌

[一三]羌
[一四]驚
[一六]𡘲
[一七]⿰目𡘲
[一八]乾　煀
[一九]⿸尸⿱出虫
[二〇]﹨文

○䫻[一一]王[一二]勿切說文大風也文十 ⿱咸角羌[一三]人[一四]所吹角所以驚馬 ⿰目胃[一五]暫見也 ⿰亻胃
⿺走胃行遽皃或从走 曰發語詞 ⿰扌胃扷⿰扌運擲也或从穴从運 鴥鳥飛皃
○⿰風忽⿰風勿⿰風豕許勿切疾風也或省亦从豕文十三 ⿰目欻不明皃 𡘲[一六]疾也 ⿰目𡘲[一七]
⿰目彖目動或作⿰目豕 欻說文有所吹起 ⿰犭𡘲獸名 ⿰火豕⿰火彖博雅曝[一八]也煨也或从彖
⿰口欻气也一曰呵⿰口欻不明也 欪無慙皃 ○屈⿸尸⿱出虫[一九]曲勿切曲也請也亦姓古作⿸尸⿱出虫
文十二 詘誳說文詰詘也一曰屈襞一曰充詘喜失節皃或从屈 ⿱艹屈說文[illegible]也 鶌
山海經馬成之山有鳥狀如烏白首青身黃足名曰鶌鶋 ⿰虫出⿰虫屈蟲名說[二〇]﹨蛣⿰虫出也或从屈 ⿰金屈
⿰金屈鉞鎖鈕也 ⿰風出⿰風屈風也或省 ⿰馬屈⿰馬屈產良馬通作屈 ○孑孓九勿切博

[二一]孑孓
[二二]刺
[二三]⿸厂欮
[二四]發
[二五]杖
[二六]⿰足屈
[二七]⿸尸屈
[二八]犬

雅[二一]孑孓短也一曰無左臂或作孓文十九 崛山皃 ⿰犭屈猪⿰犭屈西域獸名食香無毛但自鼻有毛廣
[二二]至尾燒剌不能傷 ⿰足出趉⿺走乙走皃或作趉⿺走乙 ⿰糸屈翟衣一曰結也通作屈 屈
屈說文無尾也隸省又地名亦姓 ⿸厂欮[二三]突厥夷屬 ⿰屈刂說文剞剧也 鶌[二四]鳥名說文
鶌鳩也 ⿰叕豕豕穴[二五]土也 ⿱竹屈⿱艹屈博雅⿱竹屈謂之剧或从艸 抇以杖掘出也 ⿰虫屈
蛣⿰虫屈蟲名 ⿰足屈律⿰足屈多力 ○倔謳⿰革屈渠勿切倔強梗戾也或从言从革文二十 掘
堀說文搰也或从土 [二六]⿰虫屈⿰屈力博雅力也一曰足多力或从力 趉⿺走屈說文走也
或从屈 ⿰衣屈⿰衣出方言自關而西謂[二七]襤褸曰⿰衣充⿰衣屈或省 ⿰王屈玉名 ⿰木屈斷木也 崛
說文山短高也或書作⿱山屈 ⿸尸屈屈博雅短也一曰無尾或省 ⿸尸⿱屈?埤蒼短尾[二八]大也 ⿰叕豕豕掘

[二九]鬱 紆 廿 鬱

[三〇]𡰪[?]

[三一]掬

[三二]黦 冤

[三三]饋

[三四]臭

地也。詘 充詘喜失節皃也。殟 殭。○鬱欝欝 紆勿切。說文木叢生者。一曰幽也。亦姓。或作欝。古作欝。文三十二。鬱[二九]鬱鬱 說文芳艸也。十葉爲貫。百艸貫築以煑之爲鬱。从臼冂缶鬯彡。其飾也。一曰鬱鬯。百艸之華。遠方鬱人所貢芳艸。合釀之以降神。鬱今鬱林郡也。或作欝鬱。通作鬱。苑 茂也。詩有苑者柳。通作欝蔚。蔚 艸名。亦州名。𡰪[三〇] 𡰪屈短皃。尉尉 从上案下也。又姓。古作尉。𢺟[?]捥[三一] 㧕[?]戾也。或从宛。熨𤑨 持火展繒也。一曰火斗。或从鬱。噎[?]𡅵[?] 喉中鳴。或从餮[?]。爩 炪鬱煙出也。黦黫[三二] 玄黃也。或从冤。亦書作窶[?]。餢[?]饛豋 飴和豆也。博雅饋[三三]謂之餢。或作饛豋。灪 灪滃大水皃。礦[?]鬱礦 朩石。貍[?] 臭[三四]也。周禮鳥皫色而沙鳴貍。慍怨宛 心所欝積也。或作怨。亦省。罻

網也。𪓐[?] 黑皃。煨[?] 畜火。○崛 魚屈切。崛然獨立皃。或書作崫。文六。阢 高皃。杌 刊餘木。頢[?] 頠頷面短。峗屼 峗崒山皃。或从兀。○眣 丑乙切。以目使人也。春秋傳眣魯衛之使。文一。○𡴷[?] 竹勿切。短皃。文一。

○月囝[二] 魚厥切。說文闕也。太陰之精。象形。唐武后作囝。文十八。刖 說文絕也。跀䟤[?] 說文斷足也。或从兀。通作刖。抈 說文折也。扤 動也。引詩天之扤我。軏 說文車轅耑持衡者。或从兀。岄[三] 山名。或書作朋。鈅 兵器。枂[?] 鞍瓦。䡇[?] 不安皃[三]。訮[?] 廣雅怒也。𦕍[?] 說文瞶耳也。玥 神珠也。𨊻[?] 車釭。枂 刖木餘。○鉞越 王伐切。說文度也。一曰墜也。於也。遠也。亦國名。又姓。隸作越。文二十四。𧾁[?] 說文

[二]囝

[三]腈[?]

[三]䥕[?]

〔四〕舟彡　〔五〕瓛　〔六〕粵　〔七〕亐　〔八〕采　〔九〕蚏　〔一〇〕蟓

踰也引易雜而不越　䟦說文輕也　戉鉞說文斧〔三〕也引司馬法夏執玄戉殷執白戚周左杖黃戉右秉白髦或从金　𢧢斧衣〔四〕也　瓛〔五〕劒鼻玉也　曰說文詞也从口乙聲亦象口气出〔六〕　粵嚼說文亐也審慎之詞者从亐从宷引周書粵三日丁亥或从口　紱說文〔八〕采彰也一曰車馬飾一曰細布　娍說文輕也一曰愚也　竑許立也　㷉暴也　樾樗字林樹陰也或作樗〔一〇〕　栰木名　鳨鳥名　螖〔九〕蝑蠘彭螖水蟲似蟹而小或作蝑蠘　泧大水皃　蚎蠊蚎水蟲名似蚌　○颰許月切颰颰風也一曰小風謂之颰文十　𣧑盡也　泧大水皃　趆走皃　狘獸走皃　𡶣山皃　𦐧𦐧𦐧飛皃　䀯舉目使人也　訹廣雅怒也　怴字林戇皃一曰怒皃　○闕丘月切說文門觀也一曰乏也空也

〔一一〕夫　〔一二〕氐十　〔一三〕礮磿　〔一四〕乚丩乚　〔一五〕孑　〔一六〕撅　〔一七〕以杷　〔一八〕臀

文五　䋿屈䋿狄后失〔一一〕人之服或作屈　𤅊灟水名在義陽或从闕　○厥昏〔一二〕居月切說文發石也一曰其也又姓古作昏通作氒文三十三　〔一三〕礮發石也或書作磿　乜〔一四〕乜丩動皃从乚丨乙　瘚欮說文屰气也或省一曰欮穿也　𦍩羊病　𧱓豕食發土謂之𧱓　孑說文無左臂也一曰〔一五〕孓短也　亅說文鉤識也　劂剞劂曲刀也　𠢶㔓也　〔一六〕撅說文〔一七〕从手有所把也一曰擊也投也　橜弋也或書作橛　蹶蹷說文僵也一曰跳也或从闕亦書作蹷　𡠋嬉𡠋女皃　𩪔𦡼說文臂〔一八〕骨也或从肉　𧽑𧾄說文蹠也或省　蕨菜名說文鼈也　蟨說文鼠也一曰西方有獸前足短與蛩蛩巨虛比其名謂之蟨　蟩蛣蟩小蟲　觼說文角有所觸發也　鱖魚名　鷢鳥名說文白鷢王雎也　屈屈貉地名

通作厥 氒說文木本 ⿰羊厥羊名 嶡俎名足有橫 ⿰衤厥揭衣渡也 趌怒走也

○⿰角厥其月切角有所觸發也文二十三 𠩺𢞋說文勥也或从心亦書作𠩺[一九] 橜

[二〇]說文弋也一曰門梱或書作橛[二一] ⿺走厥蹠也 掘闕撅穿也或作闕撅亦書作撆 鐅

磨也 蹷蹶倒也或从人闕亦書作蹶 ⿺走屈趉行越趨也或省 ⿱厥骨⿱厥脣博雅脾髁

臀也一曰尾本或从肉 鷢⿱厥隹[二二]曰鷢鳥名似鷹或从隹 亅說文鉤逆者謂之亅象形

瘚博雅病也 ⿰衤厥短衣 赶舉尾走 ⿰木欮⿰木欮株山名 蕨菜名 ○噦⿰歲欠於月

切說文气啎也或从欠文十三 ⿱厥女嬉⿱厥女女皃或書作⿰女欮 [二三]豋⿰食宛⿱夗食豆飴也或作⿰食宛⿱夗食

⿰黑夗黦說文黑有文也或从宛 ⿱穴夗鄭康成曰兔[二四]爲宛脾 ⿰火宛烟火皃 菀紫菀

[一九]𠩺 [二〇]杙 [二一]⿰木欮 [二二]白 [二三]豋 [二四]兔

藥艸 濊濁也 鱖魚名[二五] ○钀語許切馬勒旁鐵爾雅鑣謂之钀文五 ⿰車獻高車

皃 揭長皃詩葭[二六]菼揭揭 扢擊也 ⿰口开語相呵拒 ○紇[二七]恨竭切說文絲下也

春秋傳有臧孫紇文五 齕[二八]齧也 籺米粉 麧⿱乞麥麥糠中不破者或作⿱乞麥 ○⿸疒曷

五紇切瘖⿸疒曷凝皃文一 ○頟[二九]苦紇切頭高也文一 ○歇許竭切說文息也一曰气越泄文九

蠍毒蟲 ⿰骨曷⿰骨曷骬[三〇]胷前骨 ⿰舟歇⿰舟曷⿰舟歇艎大舟或省 猲⿰犭歇說文短喙犬[三一]也引詩

載獫猲獢或从歇 熂火焚山艸也 滊字林鹽地[三二]一曰人甘水和鹹水爲鹽[三三]曰滊 ○訐

居謁切說文面相斥[三四]罪相告訐也文十九 揭⿰扌歇說文高舉也或从歇 ⿰禾曷⿰禾桀說文禾舉

出苗也或从桀 吃語難 ⿺走曷說文趌⿺走曷也 鍻金飾鼓名大駕鼓吹有金鍻 鞨鞫

[二五]許 [二六]葭 [二八]齕 [二九]頟 [三〇]骬 [三一]犬 獫 [三二]池 [三三]曰 [三四]斥

［三五］盂槃　［三六］乜　［三七］丩　［三八］桀　［三九］傷　［四〇］䫻　［四一］怫　［四二］拂

說文羊羖犗也或省桀莠盛皃詩維莠桀桀偈傑偈偈用力皃或从桀[三四]𦾰菜名
似蕨生水中盂[三五]齊人謂盤曰盂猲虜別號騔馬走皃丩山[三六]丩[三七]動皃从丨丨相
向傑負持皃○竭[三八]其謁切盡也文九碣嵑[illegible]碣石山名或从山古
作[illegible]楬說文楬桀也引春秋傳楬而書之揭揭擔也或从竭偈傑偈偈
用力皃或从桀○謁於歇切說文白也又姓文十一暍𤎖說文傷[三九]暑也或从火[illegible][四〇]
物敗气也緆繒壞也[illegible]說文屋迫也瘍病也閼止也塞也一說太[四二]歲在卯曰單
閼鍻以鐵爲揭也𪑾黦色變也或作黦○怫[四一]弗伐切恨怒也文一○髮
[illegible]須頯方伐切說文根也又姓古作[illegible]須頯文十發說文䠶發也一曰舉也沷

［四四］䍜　［四五］昁　［四六］葦　［四八］俄　［四九］㦉

寒冰也一曰風寒颰颰颰風疾皃䬕收繫具蕟艸名譈出言也○伐
傠房越切說文擊也从人持戈一曰敗也或作傠文十九茷說文艸葉多引春秋傳晉
䍜[四四]茷罰說文辠之小者从刀从詈未以刀有所賊但持刀罵詈則應罰垡墢耕起土也
或从發亦書作坺通作伐坺坺地名昁[四五]春也酦俗謂釀酒一成曰酦閥閥閱功狀
瞂戰吠說文盾也或从戈亦作吠通作伐橃栰筏艜說文海中大船
或作栰筏艜藅艸名[四六]爾雅藅藅拔艸名龍葛也○韈韤襪𧞤[四七]韎
絉妹袜帓勿發切說文足衣也或从革从衣从皮亦作韎絉妹袜帓文十三俄[四八]
俄鶡東夷名幭[四九]博雅幭帊帳也𦍧𦍧鶡胡羊名旻舉目使人○揭丘謁切舉

〔吾〕輿

〔一〕沒

〔三〕頞　〔二〕卹搖

〔四〕沒

也爾雅淺則揭文五**藒**艸〔吾〕說文芞輿也**頒**禿也**㓹**字林傷也**揭**却也一曰武壯

皃○**爐**丑伐切爐爐燒起文一○**焥**於伐切烟火皃文一

十一○**沒**〔一〕莫勃切說文沈也文九〔二〕**𠬛**說文入水有所取也从又在回下回古文回回

淵水也**頞**〔三〕内頭水中也**勿**卹勿搖摩也**歾殁**說文終也或〔四〕从歺**玫**

說文玉屬**葠**艸名**圽**埋也史記以至圽身○**誖𥪞**普沒切按物聲或省文十二

朏月未盛之明古書作朏**馞䭯**香盛也或从出**哱**吹聲**㛘**乳母字**雷**

雲皃**艴艴**色艴如也或从孛**昢**日未明**㤕**心㤕然起也○**孛**薄沒切色

惡也一曰彗星謂之孛通作茀文四十六**艴佛艴**說文色艴如也引論語色艴如也或作佛

集韻入聲九　三十

〔五〕渤

〔八〕鬻

〔九〕㹀

艴**侼**強也很也**勃敦**說文排也又姓或从攵**誖悖哱𢡚憝**

說文亂也或从心从口籀从二或亦作愂**浡**浡然興作皃〔七〕**颰**風皃**郣**說文郣海地一

曰地之起者**渤**〔六〕**澂**〔五〕𢿣澥海名或从敦**埻埻**博雅塵也或从勃**焞燉**

煙起皃或从勃**馞**博雅馝馞香也通作茀**䅣稡**字林秭稡禾秀或作稡〔八〕**鬻**

鋍說文吹釜溢也或从金**餑**博雅餑餽長也**𪍿**屑麥也**粰**屑米也**桲**

方言齊楚僉或謂之桲今連枷一曰杖也一曰榅桲果名**葧蓛**艸名博雅䔊母蒡葧或从敦

脖脖胦齊也**挬**拔也**毴**毴毴毛短**鵓**鵓鳩鳥名**䮝**山海經敦頭之山多䮝馬

牛尾白身一角其音如呼**霚**雲皃**茀**弋射矢名**菩**麻菩楊艸名**𡿚**說文崩聲**㹀**〔九〕

集韻入聲九　三十一

〔一〇〕麩 〔一一〕齅齅 〔一三〕䊚 〔一四〕卹 〔一五〕麴 〔一六〕淬 〔一七〕没 〔一八〕瘍 〔一九〕卒 〔二〇〕椊

說文過弗取也麩〔一〇〕麩麩餅也⿰日孛暗也齅〔一一〕齅齅臭敗氣哱〔一二〕聲也○窣蘇骨切說〔一四〕文从穴中卒出文二十一埣土落也⿰米悉䊚〔一三〕也⿱卒毛毛短謂之⿱卒毛稡稡稡萃也卹〔一四〕捽卹勿摩也或作捽麴麴〔一五〕磨麥也或作麴⿱卒皐皐聲篲帚也莊子操拔篲屑屑博雅勞也一曰勃屑行皃或作屑淬〔一六〕没〔一七〕也鵯鵯〔一八〕鵯鵯鳥名或从卒僁悖僁不安𥕢磨也糏米粉㞕塵也瘖瘖瘍〔一八〕凝皃○猝踤蒼没切說文犬从艸暴出逐人也或从足文十二卒忽也⿰女卒暴終也扨字林摩也紉索也刌斷也〔一九〕脃脺耎易破也或作脺⿰骨卒小骨窣忽自穴出也捽捽摖行艸聲○卒〔一九〕臧没切說文隸人給事者衣為卒卒衣有題識者俗作捽非是文四倅兵百

集韻入聲九

〔二一〕多 〔二二〕齚 〔二三〕短 〔二四〕眣 〔二五〕名 〔二六〕萉 〔二七〕去㐬孚

人曰倅通作卒稡䅳稡禾秀不成聚向上皃⿰髟卒髮〔二一〕多皃○捽昨没切說文持頭髮也文九椊字林柱頭枘也⿰齒卒〔二二〕說文齚齘也觪角始生也⿱卒毛毛生皃崒山危峻皃⿰骨卒小骨踤說文觸也一曰駭也一曰倉踤⿰髟卒髻也○咄⿰口對當没切說文相謂也一曰呵也或从對文九〔二三〕柮榾柮〔二三〕知木⿰羊出䍠⿰羊出羊名朏臀也一曰膕朏曲脚也〔二四〕一曰眣出也螖鳥名〔二五〕鳴豫知吉凶或書作鶻貀䝒貀獸名⿰忄出怖也⿰馬出驈⿰馬出獸名出北海○突宊他骨切方言江湘謂卒相見曰突一曰出皃或省文十六腯⿰月突說文牛羊曰肥豕曰腯或从突葖艸名〔二六〕爾雅葖蘆萉蕪菁屬𠫓㐬〔二七〕說文不順忽出也从到子引易突如其來如不孝子突出不容於內也或从到古文子即易突字⿰忄隶說文肆也⿰𧾷隶

〔二九〕志　〔三〇〕劍　〔三一〕刺

〔三三〕淡

〔三四〕暫

〔三五〕揆

〔三六〕悖者

〔三七〕矢　敊　祓〔三八〕殷

踕踈前不進〔二八〕也一曰蹂也棁木杖也彼皮壞也怢忽志〔二九〕也劍〔三〇〕刺〔三一〕入兒捸

滑〔三二〕利筡竹器淶〔三三〕流也○揬陁没切搪揬觸也文二十五㐬〔三四〕不順忽出也突

說文犬从穴中出也从犬在穴中一曰滑也堗〔三五〕竈窗謂之堗凸出兒腯腞肥也

或作豚鈯博雅鈍也鍎鍨槍也或从突楱埋倉戶持鎖植也艐釣舟謂之

艐𥡷耕也趹走兒㩉擊也葖艸名爾雅葖蘆萉湥流兒猤獸名

鶟鵽鶟鵽鳥名似雉青身白首〔三六〕或从隹鼵鳥鼠同穴其鳥為鵌其鼠為鼵䟦

足傷〔三七〕也䄝博雅襌無襠謂〔三八〕之䄝𤨭玉瑱崫崫屼山兒○敊祓勒没切篇躲之

失謂之敊或作祓文十三殷殷鼓不滑利一曰物不安兒踈肆踕踈不進或从聿

〔四〇〕捽　〔四一〕訥　吶

〔四三〕没

〔四四〕扢

〔四七〕扣

〔四八〕閟　門　很〔四九〕黰

〔五〇〕郗

啐〔四〇〕聲也埣〔四一〕埂埒也也葎艸名似葛碶硉峍碶矹山崖也或作硉峍𢪃

桲也捋也侓律魁大兒○訥吶詘奴骨切說文言難也或从口亦作詘文九肭

膃肭肥也抐搵抐擩〔四二〕也妠媼妠心亂䟜足傷𢗗瘟𢗗憂悶㕯聲、、○麧

𥝩〔四三〕籺下扢切說文堅麥也一曰俗謂麤屑為麧或从禾从米〔四四〕文七齕說文齧也淈

博雅淈淈流也一曰濁也扢摩也紇絲下也○扢古紇切摩也文一○搰胡骨

切說文掘也文二十七〔四六〕扢〔四五〕摩也拍〔四七〕博雅裂也穿也一曰牽動掴說文手推之也一曰

拑也𥇖濁垢閟婞佷也从門〔四八〕轒轉物軸也縎繒類〔五〇〕䵵〔四九〕埋倉地名一曰耳聾

滑亂也僠說文鄎〔五〇〕病也鶻鴇鳥名或从乞榾〔五一〕核果中實或作核掘

[五二]聉　[五三]汩　[五四]曰　曶　[五六]痳　[五七]冥　[五八]曶　[五九]云　[六〇]志　[六一]榾　[六二]摞　[六三]縛

穿也　淈爾雅治也　聉[五二]耳聾　繢采色明　潰決也　殨腫壞也　絗纏縈也

紇束也一曰絲下　齕齧也　𥝌麧麤屑也或从麥　汨[五三]涌波也　○忽呼骨切說文忘也一曰輕也文三十五

㴁說文青黑色　曶回[五四]說文出气詞也从曰象气出形引春秋傳鄭太子曶一曰佩也象形籀作回

淴淈水皃或从屈　揔楚謂擊爲揔一曰去塵也　惚怳惚失意　寣[五五]博雅覺也[五六]臥驚　㥂䜛也一曰熟寐　迿遠也

啒唿博雅啒啒憂也或从忽　痳狂趨　昒𥈐說文尚冥[五七]也或从忽　緫博雅[五九]微也通作忽

笏[六〇]曶[五八]公及士所搢也籀作曶象形義六佩也古笏佩之釋名笏忽也有事記其上以備忽志

榾說文高皃　匫匢說文古器也或作匢　𩋐[六二]鞸[六三]急縶縛也　𡕢

集韻入聲乙　三三

[六五]𣅽　[六六]扫　[六七]𡷫　[六九]勤　[七〇]䫻　[七一]敓　[七二]䫳

䴯餠屬或从忽　颮䬍𩙥說文疾風也或从豕古作𩙥　歸𣅽象[六五]說文豕屬也或作㬥象

芴芒芴元象也　扫[六六]博雅裂也　𡷫[六七]說文疾也　沕沕穆微也　○

堀窟𡓥苦骨切說文兔堀也或从穴亦作𡓥文一十七　蝟月蝟月所生也　𡸣崛

崫𥖖𡸣屹山皃一曰童山或作𡶢崫亦从石　矻石也　勽勽㔉勞極皃通作矻　𠢷

[六九]博雅勤也　圣說文汝潁之間謂致力於地曰圣　䫻[七〇]目出皃　䫳[七一]突出也　敓[七二]敪啟

不滑利也一曰啟敓不安　揔博雅擊也方言南楚凡相推搏曰揔　顝說文大頭也一曰醜也一

曰相抵觸　頶說文禿也一曰頰起皃　朏𦝇髕也一曰胅出或从屈　泏字林

水定也一曰漚池　搰搰搰用力皃　堀說文突也引詩蜉蝣堀閱一曰堀堁塵起　𣻼

集韻入聲[六四]　三三

〔七四〕髡　〔七六〕郗　〔七七〕汩　〔八〇〕頚　〔八一〕泱

水深也掘〔七三〕揚也髡〔七四〕去髮也搰推也○骨〔七五〕吉忽切說文肉之覈也文二十七

[illegible]瘠〔七六〕[illegible]病或从疒杚說文平也謂斗槩扢摩也汩〔七七〕治也一曰水聲啒

啒啒憂也頔面顴縎說文結也愲心亂也滑汩亂也或作汩淈說文

濁也一曰滒泥一曰水出皃一曰治也䓛𥶇字林刷也或从竹〔七八〕蓇艸名不實䍽

䍽䐝羊名榾枸榾木名猾猾貀獸名鶻鳥名說文鶻鵃也䮩䮩貀獸名出北海

槩哀亂皃莊子我獨何能无槩螖螖蠌屬〔八〇〕[illegible]〔七九〕魚名山海經稷澤多[illegible]其狀如蛇四足食

魚〔八一〕䅽禾蕈犻牛名矻磨也○頚烏沒切說文內頭水中也文十四溲

溲決水流疾皃搵搵抐也擩也嗢說文咽也一曰大笑毷毷毻毛皃𣢦咽中息不利也

〔八二〕馧　〔八三〕閭　括門　〔八四〕頏　〔八五〕𡰥

膃膃肭肥也膃脖病也殟說文胎敗也馧〔八二〕馧馞大香也榲桲榲桲果名

或从烏瘟心悶皃熅煙皃一曰熱皃𨉷〔八二〕臭气○兀五忽切說文高而上平也

从一在人上亦姓文三十二扤說文動也通作杌杌柮樹無枝也一曰檮杌頑凶無疇

匹之皃或作柮芃艸名艾屬矹硉矹山崖屼〔八三〕山名一曰崛屼童山軏車轅端持衡者

舠舡仡說文船行不安也或从兀亦作仡閭〔八三〕栝也一曰婞很也从門鼿

䶣獸以鼻搖物一曰鼻仰也或从危㾓〔八四〕疣說文病也或从兀刖絶也虮

蛤屬跀𧿳斷足也或从兀髡完頑去髮刑或作完頑坯伾爾雅山一

成坯沈旋讀或作伾阢峞說文石山戴土也或作峞𡰥伆虮𪘁博雅危也

〔六六〕數　〔六七〕紇　〔三〕竓毼　〔四〕骬　〔五〕蠤

或作仉蚢𧊒𧊒蛣𧊒蟲名○𤟤五〔六六〕紇〔六七〕切齒相齵也文一○貀女骨切獸名無前足
形如猴文一

十二○曷〔一〕害何葛切說文何也或作害文三十三褐𧞝說文編枲韤也一曰粗衣或从歇
嵑嶱嵑山皃毼博雅竓〔三〕歇罽也鞨博雅屦鞨履也一曰靺鞨北狄別種
䯧骨名〔四〕䯧謂之骱偈武皃暍白色藒䕯藒水艸似蕨可啖或从毼从褐
喝呼也一曰喉喝怒聲遏水皃骱髖骱小骨一曰堅也餲爾雅食饐謂之餲
鶡鶡鳥名說文似雉出上黨或从旱鶷鶷鶡鳥名蝎蟲名說文蝤蠐也〔五〕蠤
蟲名說文螻蛄也㮫木轉皃犗牛名螛蝎螛龍搖〔六〕目吐舌皃𥻃白米齃

〔七〕堨　〔八〕㻑　〔十〕揚頳頳　〔十二〕骹　〔十四〕聲　〔十三〕髆

齧齃齾物聲〔十〕𠢕勤力也遏遮也揭壅〔七〕也㻑〔八〕石似玉轄輵轄轉〔九〕搖皃𩒨
頳𩒨揚言也一曰頳𩒨健也一曰頳𩒨鼻面平也○𡁧喝〔十一〕嗑許葛切訶也或省亦从盍
文十五暍熱也𩒨頳𩒨健也皛博雅白也𦤧犬臭也齃臥息馤字林
香氣歇𤞤猲獦短喙犬或作𤞤猲獦愒曷相恐怯也或作曷通作猲○
渴丘葛切說文盡也文二十五𣀗敵也㵣說文欲歠也通作渴𤸷內熱病
〔十二〕骹肩髆〔十三〕骨嶱嵑山皃或作嵑磕〔十四〕石名碣礍石皃或从葛葛
艸名螖彭螖水蟲似蟹磆石可爲器𥟊禾長穗鶡曷盍鶡旦鳥名或作
曷盍𩭾頢鬢禿或作頢𧻓趌𧻓走也楬毼桓不飾曰楬或作毼𨍰輵

[一六]创　[一七]夺　[一八]狚　[一九]竪　[二〇]䅣　[二一]字　[二二]胆　[二三]皐　[二四]窏

鞨轞車聲或从曷鼅[一五]蛙類○葛居曷切說文絺綌艸[一六]也亦姓文二十六䈓竹名
博雅䈓籔[一七]桃支也璍石似玉割刲說文剝也古作刲匃求也春秋傳毋或匃
羹鄗說文南陽陰鄉濭漻濭水廣也一曰[一八]泳名蓋覆也駒騔[一九]驕說文
馬疾走也或从曷从葛猲獦猲狚巨狼或从葛趨怒走骭骭骭堅干皃鶡
鶡鶡鳥名似伯勞蝎蟲名蝤蠐也褐褐粗衣或从葛[二〇]䅣博雅穬謂之䅣
禾長皃轕[二一]輵轇轕車馬喧雜皃一曰室[二二]窂曠深一曰鋒戟形或从曷擖搰擖揳木
聲臈臈胆肥皃○遏阿葛切說文微止也[二三]文二十閼堨說文遮攔也或作堨
屋迫頞齃說文鼻莖也或作齃洝窂洝濕潤也咹博雅止也一曰小語

[二五]暵　[二六]捺　[二七]歺削冎徐鍇　[二八]古　[二九]喜苦＼从叵辛　[三〇]齾

一曰吃也峖山名歐大呼用力謂之歐餲食敗也爾雅食饐謂之餲胺肉敗
曷逮也輵輵轄轉搖皃暍[二五]博雅暍暵熯也藒菜似蕨生水中濶水名靄
雲霧皃藹茂盛皃按捺[二六]也○嶭牙葛切說文巀嶭山也或作嶭文二十六
屵說文岸高也巘說文載高皃𣟴櫱不栓枿說文伐木餘也引商
書若顛木之有㽕櫱或从木辥古無頭亦作栓枿[二八]歺[二七]說文剔骨之殘也从半冎徐鍇曰冎
剔肉置骨也[二九]歺殘骨也故从半冎或作歺𡁈音說文語相訶歫也口歫辛辛惡聲也或作音亦
書作哰齾齒缺也咞𪢮啈嘈嘈咞咞聲也或从獻从幸𢿐擊也𩭐
鬄餘髮刖絕也孼孽孽將壞皃頞短面也嶱嶱嵑山皃䯚散䯚骨高

〔三一〕頢　〔三二〕躠
〔三三〕牧
〔三四〕曳
〔三五〕搣　〔三六〕颲
〔三八〕旅
〔三九〕宛　〔四〇〕鬢

皃　碎磍碎石皃　頢無髮　○躠〔三二〕𨇨桑葛切跋躠行不正或作薩通作殺文二十四　薩唐六典有薩寶府掌胡神祠　殺散皃史記望之殺然黃　䊛辛味　⿱竹殺竹名　䊛蔡撒𢶍說文䊛䊛散之也一曰放或作蔡撒𢶍通作殺〔三三〕　摋側手擊也春秋傳摋仇收一曰抹摋掃滅也　縩綃屬　姍媻姍婦人行衣〔三四〕曳地皃　𧭈散言　泧泧𢸫拭滅〔三五〕也　檫檫字林艸木動聲或作檫　颲〔三六〕颲風也或作颲　𠱦聲變也　粣糝也齊民要術時時粣之　蔎香皃楚辭懷椒聊之蔎蔎　珊珊瑚生海中　嚾嚾〔三七〕王西戎〔三八〕旅名　○攃䃎七曷切摩也或从石文五　縩綃屬　檫艸木動聲　蔡味蔡宛〔三九〕酋名　○鬢〔四〇〕子末切鬢鬢多毛文十九　𢅥拭也　拶逼也

〔四一〕蕆〔四二〕礸〔四三〕悎
〔四四〕才
〔四五〕啐
〔四七〕瀐　〔四八〕憯〔四九〕己
〔五一〕獦　〔五二〕噠
〔五三〕草

𨂝蹷𨂝行皃　灒水濺也或从贊　⿱艹贊艸木叢生也　瀐〔四一〕小水出也一曰灑也　刺刺劉蕆〔四二〕濁　⿰木𡿪笮也　礤礸〔四三〕麤石或从贊　⿰忄贊懵懵心慢怠　囋聲多也　⿰女𡿪婢也　蹉偏蹉足大也　⿰白贊白也　㳫沯水激石皃或省　○巀〔四四〕才達切說文巀嶭山在馮翊池陽文九　囋囐吽哱啐〔四五〕博雅嘈囋聲也或作囐吽哱啐　⿰扌獻擊也　歺〔四六〕歺骨餘　瀐〔四七〕雨聲　○怛⿱制心憚當割切說文憯也或作⿱制心憚文十五　妲妲己〔四九〕有蘇氏女　呾相呼也　炟火起也　⿰黑旦說文白而有黑也五原有莫⿰黑旦縣　笪說文笞也一曰覆舟　韃〔五〇〕亦姓　靼⿰革亶柔革或从亶　狚〔五一〕山海經北號山有獸如狼赤首鼠目名曰獦狚　噠〔五二〕嚈噠西夷國名　胆膈胆肥皃　僤傍鷩也　⿱艹旦艸名〔五三〕草也　○闥〔五四〕他達切博

〔五五〕撻　撻
〔五六〕或
〔五七〕獺
〔五九〕蝲
〔六〇〕挑
〔六一〕郎

雅闥謂之門文三十一撻〔五五〕逹敎撻說文鄉飲酒罰不敬撻其背引周書逹以記之古作逹敎或从手蹳跶足跌或省圡說文蹈也⿰亻達⿰彳達達达博雅逃也一曰行不相遇或作⿰彳達達达嚪囇高氣多言也亦〔五六〕作囇⿰木達所以洩水也澾字林滑也汏過也羍羍說文小羊也或省通作達⿰皮達皮起笪籧篨也獺〔五七〕獺獸名⿰魚賴魚名蠆蠆毒蟲或从虫大籀文象人形也攋博雅擊也⿰虫賴蝲〔五九〕蟿蟲名蝎也⿰火賴爉烷煙皃太太末縣名在會稽○達达陁葛切說文行不相遇也引詩桃〔六〇〕兮達兮一曰通也一曰迭也或作达文六蓬艸名馬舄也⿰氵羍水出皃噠嚈噠西夷國名羍羊子○剌〔六一〕卽達切說文戾也从束从刀刀者剌

〔六二〕衺
〔六四〕⿰火賴
〔六六〕蝲
〔六七〕⿰耳剌
〔六八〕捺
〔六九〕瘵

之也徐鍇曰剌乖違者莫若刀一曰剺也文三十四辢辛味⿱剌手⿱剌米博雅擘也或从米攋撥攋手披也或从剌轢車踐也⿰齒剌⿱剌齒說文齒分骨聲或作⿰齒剌⿰目剌⿰目柬眸子不正也或省瘌癩〔六二〕說文楚人謂藥毒曰痛瘌一曰傷也疥也或作瀨⿸广剌⿸广束博雅庵也一曰獄室或省⿰王剌⿰王束⿰王賴〔六三〕說文玉也或省亦从賴⿰火剌⿰火賴〔六四〕火皃或从賴莿艸名蒿屬⿱剌魚魚名或書作〔六五〕鯻楋說文木也⿰米萬糲⿰米剌脫粟也或从厲从剌謝諺謝語聲⿰氵剌灘名⿱剌虫〔六六〕蟲名廣雅蠆也一曰蝎也或書作蝲⿱剌巾說文刺也喇喝喇言急⿰忄厲惡也⿰目剌〔六七〕聽不相當也或書作⿰耳剌颲風皃○捺〔六八〕乃曷切字林〔七〇〕捺搦捎也文六蛆瘵〔六九〕博雅痛也一曰螫也或作瘵萘吳中菜名有刺⿰日難博雅暍也或書

〔一〕捽　〔二〕忘　〔三〕頡　〔四〕冥　〔五〕首　〔六〕赤　〔七〕師　〔八〕艳　〔九〕眛　〔一〇〕麪　〔一一〕蔑

竹雞 **榡** 捽生皃〔一〕

十三〇末 莫葛切說文木上曰末从木一在其上一曰無也弱也文四十六 **帓** 帶也 **佅** 〔二〕肥皃一曰四夷樂名 **妺** 妺嬉有施氏女 **坺** 塵壤也 **怽** 志也 **頡**〔三〕頡顬健也一曰面平 **眛** 說文目不明也 **⿰目勿** 目冥〔四〕遠視一曰久也一曰不正視 **首**〔五〕說文目不正也 **袜絉** 所以束衣也或从糸 **韎** 韋赤〔六〕色 **⿱竹末** 捕魚竹器 **靺** 靺鞨北狄別種 **砞** 碎石 **沫** 說文水出蜀西徼外東南入江 **眛** 師〔七〕眛淺白 **抹** 字林抹搬滅也 **艳** 㲯艳〔八〕色淺 **瀎** 說文拭滅皃一曰塗也 **昧**〔九〕日中不明也 **粖鬻餛** 博雅饘也或作鬻餛 **⿰米蔑⿺麥末** 說文⿺麥蔑也博雅⿰米蔑謂之⿺麥末或作麩 **⿰酉蔑** 字林醬也 **⿰食末秣蔑**〔一一〕說文

〔一二〕鳴　〔一四〕皞也　〔一五〕眛　〔一六〕莫　〔一七〕户　〔一八〕栝　〔二一〕會　椎　〔二三〕豁　〔二四〕眛

食馬穀也或从禾亦作蔑 **⿰末鳥** 鳥名〔一二〕博雅⿰末鳥鳴〔一三〕也 **鮇** 魚名 **⿰月末** 肚也 **⿰皮末** 皮也 **妹** 朽餘也 **味** 黑光也通作沬 **⿰血蔑**〔一三〕血〔一四〕也汙也 **魩** 魚尾 **⿰骨蔑** 骱⿰骨蔑小骨 **⿰馬末** 馬走皃 **眛**〔一五〕舂米碎也 **⿰足末** 行過也 **枺** 木名 **⿰火末** 火色 **莫**〔一六〕火不明 **〇活⿰氵舌** 户〔一七〕栝切水流皃或从聒活一曰生也文二十 **⿰礻舌**〔一八〕祀也 **⿰酉舌** 未泲酒 **佸** 會也 **蛞** 蟲名科斗也通作活 **姡** 詐也靦也 **髺鬠** 絜髮也或作鬠 **⿰骨舌** 骨耑 **越⿺走舌** 艸也春秋傳大路越席一曰瑟虛或从舌 **⿱艹括** 獨落藥艸 **秳** 說文舂粟不潰也一曰生也謂禾生 **會**〔二一〕項推也莊子會撮指天向秀讀 **括**〔二二〕方言閉也 **頢⿰舌西** 說文短面也或作⿰舌西 **⿰舟舌** 舟行 **⿸广舌** 偏⿸广舌行廣 **〇⿰衤害**〔二二〕呼括切說文通谷也文十 **奯** 說文空大也 **眓** 博雅眓眓視也一曰眼眛〔二四〕

〔二五〕瀎瀎

〔二六〕秳

〔二七〕栝　括

〔二八〕撿

〔二九〕絜

視高皃 瀎〔二五〕瀎 說文礙流也引詩施罟瀎瀎或作濊 泧 說文瀎泧也一曰泧泧流也
斡 博雅抒也 濊 水聲 闊 大開門皃 黷 黑色 ○闊 苦活切說文䟽也一曰遠也文
十 适 疾也 蛞 蟲名科斗也一曰蛞蝓無殼蝸 筈 括〔二六〕 箭末曰筈或作括 佸
古活切說文會也 跍 蹩〔二八〕也 秳 禾皮曰秳 葀 艸名 瓜 瓜也 ○括〔二七〕 栝 說文〔二九〕絜
也一曰撿也或作拰文四十一 舌 昏 說文塞口也古从甘 髺 鬠 說文潔髮也或从會
聒 聐 目暗 說文讙語也 䛡 䜀 䜁 䜂〔三一〕 說文譱〔三〇〕自用之意也引商書今汝䛡
䛡或从耳亦作 䵇 說文噍聲 銛 說文斷也 姡 說文面醜也 劀 博雅
斷也 佸 俉 說文會也引詩曷其有佸一曰佸佸力皃或作俉 頢 小頭皃一曰短面也

〔三二〕蛞

〔三三〕聒

〔三四〕檜

〔三六〕菝

〔三七〕叔

〔三九〕勼

〔四〇〕軺

〔四二〕瞖

䯏骷 說文骨耑也一曰骬也或作骷 蛞 蛞蝼蟲名蝼蛞〔三二〕也一曰科斗也 适 适 說文
疾也隸作适 涽濄活湉 說〔三三〕文水流聲或从聒隸作活湉 祜 說文祀也 檜〔三四〕
桰 木名古作栝 栝 說文隱也一曰矢栝築弦處 筈 箭末曰筈筈會也謂與弦相會
通作括 葀𠩄 說〔三五〕文苦蔞果蓏也或作𠩄 萿 艸名爾雅萿麋舌 菝 字〔三六〕林菝菝瑞艸
也 鴰 鳥名說文麋鴰也 檜 會撮項椎也 噲 腫膾〔三七〕顏色剝錯也王叔之曰盈虛不
常皃 勼〔三八〕 乞也 ○斡 烏括切說〔三九〕文蠡柄也楊雄杜林說皆〔四〇〕以爲輕車輪斡文十二 揞
說文揞揞也一曰援也 斟 抒也 暓 說文短深目皃一曰塞也 睕 嫵媚也 䀤 目開
皃或書作䆛 嬒 女黑色 懀 憎也 焥 烟起皃 䀹 說文捾目也 澣 取水

〔四二〕椊　〔四三〕相

〔四四〕陰　㭳柮

〔四五〕䶒

〔四七〕𣥺　〔四八〕迖

〔四九〕衭𨜒　〔五〇〕鉢

〔五一〕𦍒

〔五二〕羌　〔五三〕巿

也婉臭气○椊攢活切椊〔四二〕杌木短出皃文三蕞小皃柮柮相〔四三〕柱耑木○

捐五活切折也〔四四〕文十柌木除〔四五〕㭳曰柌一曰柮柌柱耑木頢說文短面也抈動搖

也陒陒陒不安外外也刖絕也杌椊杌木短出皃跀去足刑𣧑獸食

餘○撥北末切說文治〔四六〕也文三十七𣥺〔四七〕說文足剌癶也隸作癶迖〔四八〕說文前頓

也賈侍中說髮髮鬢鬣多毛怖意不悅也跋說文蹎跋也帗說文一幅巾也

袚衭〔四九〕說文蠻夷衣一曰蔽𨜒或作衭襏襏襫雨衣也盋鉢〔五〇〕食器或作鉢

驋馬搖首𦍒〔五一〕博雅羯𦍒羯也䳊鳥名似雉鮁鱍鱍說文鱣鮪鮁鮁或作

發亦从魚妭羌〔五二〕人謂婦曰妭巿〔五三〕芾艸木盛皃或从艸柭說文棓也茇茷

〔五五〕刃　〔五六〕蹳

〔五七〕艴　〔五八〕朩

〔五九〕皌

〔六〇〕弃

〔六一〕趃

說文艸根也春艸根枯引之而發土爲撥故謂之茇一曰艸之白華爲茇或从伐跀斷足也

茷箄也𣧑獸食餘拔把也墢坺發土也國語王耕一墢或从犮袚博雅

襏袚袂也鏺鎌也艐橃海中大船或从木〔五四〕蹁蹁蹮足大蹳〔五六〕足蹳物○鏺

鏺𠜾普活切說文兩刃〔五五〕木柄可以刈艸或省亦从刀文二十九癹蹳撥說文以足

蹋夷艸引春秋傳癹夷蘊崇之或从足从手艴〔五七〕癹艴色浅巿〔五八〕艸木盛皃驋馬行皃

抪說文擅也一曰擊也𤽎帥昧〔五九〕浅白色袚袂也曊眛說文目不明也或从

市亦書作𥈅䣮說文酒色也醱醱酘謂之醱或省潑潑弃〔六〇〕水也或省𦍒

牯羊名鱍鱍鮁魚游皃或省亦作鮁迖〔六一〕廣雅猝也炥說文火皃茷箄也

〔六二〕撥切
〔六三〕迹
〔六五〕髆
〔六六〕丿
〔六七〕抪
〔六八〕塊
〔六九〕旆

茇草也祓拂取也咈光也一曰乾物○跋蒲撥物〔六二〕本也一曰跋躠行皃文四十
一拔回也迹〔六三〕跡趚越說文行皃一曰猝也或作跡趚越胈膚毳皮
骸骸𩪘〔六四〕骨高皃一曰肩髆〔六五〕骨癹菝除艸也或从艸犮說文走犬皃从犬而丿〔六六〕之曳
其足則刺犮也魃說文旱鬼也周禮有赤魃氏除牆屋之物引詩旱魃爲虐废說文舍也
引詩部伯所废通作茇柭矢末鮁魚名似鯉而赤鼥⿰鼠發鼠肥者或从發抪〔六七〕
推也一曰抪塊〔六八〕自任無憚也旆〔六九〕旗旒軷說文出將有事於道必先告其神立壇四通樹茅以
依神爲軷既祭軷轢於牲而行爲範軷引詩取羝以軷颰疾風也⿰壴犮雲皃酦字林
酒氣也馛博雅馛馛香也⿰忄發心起也妭⿰臭犮腐氣或从臭炦〔七〇〕說文火气

〔七二〕臿
〔七四〕䯻
〔七五〕縒
〔七六〕三
〔七七〕跂䮗
〔七九〕校
〔八〇〕吒

也坺說文治也一曰臿〔七二〕土謂之坺引詩武王載坺一曰塵皃⿰舟發雉射收繁具鈸
鈴屬駊駊騀馬名⿰犮鳥⿰犮隹說文鳥也或从隹茇⿺辶茇艸木根或从辵菝菝葀
瑞艸也撥絕也蹳足跋物也茷木枝葉盤紆皃通作茇妭〔七三〕說文婦美也○
撮最麤括切說文四圭也一曰兩指撮也或省文六襊緇布冠謂之襊採攫採搏也
徐邈說⿰黑最黑〔七四〕也䯿髻也○繓宗〔七五〕括切結也一曰逢餘文七撮挽也一曰兩指
撮也攥把也⿰木纂木錐沛水名東入海〔七六〕⿰忄節拭也⿰氵截滿也○掇都括切說
文拾〔七七〕取也文十二剟削也敪敪度知輕重也一曰敪聚食不速也腏取肉骨中〔七八〕
曰腏祋〔七九〕殳也一曰祋䄙縣名裰補也咄吒〔八〇〕也鵽鳩鵽鳩鳥名大如鴿無後趾

〔八一〕鼅

〔八二〕鼄

〔八三〕狘

〔八四〕⿱奞又

〔八五〕捶

〔八六〕捋

〔八七〕小鱺

〔八八〕蝪

或从出蝃〔八二〕鼄名鼅〔八一〕鼅鼄也⿰叕出方言短也⿰叕毛蠻夷織毛罽也⿰耳窒不聽也○侻他括切博雅可也一曰〔八三〕狘也一曰輕也文八挩稅說文解挩也或作稅脫消肉臞也

莌⿱艹脫艸名生江南或从脫梲說文木杖也突卒相見皃○〔八四〕⿱奞又奪徒活切說文手持隹失之也或从寸文十四敓說文彊取也引周書敓攘矯虔挩〔八五〕捶也解也脫說文消肉臞也一曰壞斷亦姓⿸疒兌說文馬〔八六〕脛瘍也一曰捋傷鮵魚名青州呼鯢〔八七〕爲鮵莌

⿱艹脫活莌艸名生江南高丈許大葉莖中有瓤正白或作⿱艹脫兊龍兊地名在趙梲博雅杖也侻行也⿰彳皮皮剝也鵽鳥名大如鴿○捋盧活切說文取〔八八〕易也文十一寽五指寽也⿰寽刂博雅削也頱頱頢面醜蛶蟲名蝺何也⿰黑寽黑也⿰馬寽馬毛

〔三〕黑

〔四〕㓞

〔五〕劼

〔六〕戛

〔七〕樺

斑白脟脅肉酹祭酒也⿰牛寽駁也桴木名○剟先活切削也文二⿰氵算吮也

十四○黠下八切說文堅黑〔三〕也一曰慧也文六⿰齒骨齧骨聲⿱艹黠麻莖⿵門吉門聲礣砎礣小石⿰齒吉〔三〕齧聲○⿰言瓜丘八切勁也文十八劼用力也固也慎也⿰吉刂剝也㓞〔四〕說文巧㓞或書作判⿱髟契⿱髟㓞博雅禿也或从契硈〔五〕爾雅固也一曰石堅皃或从乞故擊也秸短也咭鼠聲⿱艹⿰言瓜葜挈菝⿱艹⿰言瓜艸名或从契亦作挈

⿰魚㓞鮚魚名或省戛〔六〕爾雅常也絜苦也○戛拮訖黠切說文戟也一曰轢之也或作拮文三十九樺〔七〕鼓也楔門兩旁木一曰木名荊桃也揳擊持也扴

〔八〕刮　〔九〕斷　〔一〇〕契　〔一一〕佚
〔一二〕礦
〔一三〕也」
〔一五〕歆」
〔一六〕戛
〔一七〕獨　〔一八〕勤
〔二〇〕居　〔二一〕䀏
〔二四〕皃　〔二五〕鳥　〔二六〕報

說文〔八〕亂也禊上巳祭名契說文斷〔九〕契刮也一曰契畫堅也一曰𢧵〔一〇〕也頡漢頡漢〔一一〕佚名
忦博雅憂也懼也一曰恨也通作恝嘎嘎嘎鳴聲砎砎礣〔一二〕小石一曰磨也骱髖骱
小骨尬𨂜尬行不正圿垢也袺說文執衽謂之袺稭秸鞂藍〔一三〕
說文禾稾去其皮祭天以爲席或作秸鞂藍通〔一四〕作戛硈說文石「堅」也一曰突「也」〔一三〕鶼鶼鸛鳥名
鷎鷎鸛鳥名鳩也通作拮揩歆〔一五〕也轢之〔一六〕戛止樂通〔一七〕作戛介特也漢書介居河北晉灼讀
芥小艸㤅無愁皃挈絜博雅㯮也或作絜㓤博雅勤〔一八〕也蔓艸名鬟〔一九〕
禿也〔二〇〕拮拮据口手營作也屆至〔二〇〕也䀏眑䀏視皃契戲也〔二二〕祴祴夏樂章名〔二三〕
猰犬也㤉「瀀」〔二四〕也○軋札乙黠〔二五〕切說文報〔二六〕也或作札文二十一揠扎說文

〔二八〕「聲」
〔三〇〕軋
〔三二〕螺
〔三三〕雨　〔三四〕㲿　〔三五〕頝

拔也或作扎䁥以目相戲謂之䁥嫼嫉而怒也猰猰猰貐獸名類貙虎爪食人
或从犬黖黑也虳蟲聲叱鳥聲穵窫說文空〔二七〕大也或从契乙鳦說文
玄鳥也齊魯謂之〔二七〕乙取其鳴自呼象形徐鍇曰此與甲乙之乙相類其形〔二八〕「聲」舉首下曲與甲乙字少異或
从鳥乢山曲仉〔二九〕亂仉屈強也閭門聲矻石皃鼿〔三〇〕皋皃魟〔三一〕鮁魟魚名○
滑戶八切說文利也一曰州名亦姓文二十䯊疥足病或作疥磆磆石藥名
齃說文齧骨聲麫說文餅麴也猾獪亂也或作獪鶻鷽學鶻鳩
鳥名似鵲或作鷽學鰡山海經餘如之澤多鰡魚鳥翼出入有光〔三一〕蛸爾〔三二〕雅蛸螺蛸屬一曰
蟚蛸蟹小者澮雨〔三三〕水合也㲿〔三四〕博雅偶也一曰深堅意頝〔三五〕說文內突出也䁱眑䁱

〔三六〕寣

〔三七〕皃〔三八〕訏〔三九〕悉〔四〇〕苦

〔四一〕說　〔四二〕踈

〔四三〕七〔四四〕鱊

〔四八〕⿰臬出　槷

直視皃榍木也⿰骨舌⿰骨必⿰骨舌所以礙也⿺走骨走也○傄呼八切⿰亻密傄健也文九麧
麴也〔三七〕⿰目舌眂視也一曰怒視皃〔三九〕或作眂搰搰搰用力皃郭象說寣〔三六〕說文臥驚也〔四〇〕一曰小
皃號寣寣一曰河內相說〔三八〕也毳臥覺也欪訶也⿰皐隶皐息○勖苦滑切力作也
文四搰搰搰用〔四一〕皃徐邈讀閞大開門皃闊疏〔四二〕也遠也○劀古滑切說文〔四六〕刮去惡
創肉也引周〔四三〕禮劀殺之齊文一鱊〔四四〕魚名撾〔四五〕博雅折也搔也朌視也契廣雅刮也鸛
鶒鸛鳥名⿺走骨走也○婠烏八切體德〔四七〕好也文十⿰骨欠⿰口⿰骨欠說文咽中息不利也或从
口⿰舌斗斗取物也嗢笑也咽也嗗飲聲謂之嗗膃膃肭肥也捾抉也穵
探穴也⿱穴手穿也○⿰臬出〔四八〕五滑切槷⿰臬出不安也文四聐頞聐癡不能聽聉說文無知

〔四九〕吳　⿰耳闋

〔五〇〕坙　〔五一〕玉

〔五二〕餅

〔五三〕傄

〔五六〕⿰赤末　〔五八〕⿰角殺　⿰杀攵　煞

意也⿰耳闋說文異〔四九〕楚之外凡無耳者謂之⿰耳闋言若斷耳〔五〇〕爲盟一曰聾也○八布拔切說文別也象
分別相背之形文十朳捌弁上具或作捌玐工〔五一〕聲釟治金謂之釟⿰馬八說文
馬八歲哵鳥聲扒捌破也擊也或作捌柭棓也○汃普八切水皃文六
叭聲也⿰石八石破聲⿰齒八齒聲糪餅〔五二〕半孰也爾雅米者謂之糪施乾讀⿱車虎車破
聲○拔蒲八切說文擢也文四⿰犮友⿰犮友結短皃菝草菝菰艸名或作草○
⿰亻密莫八切⿰亻密傄〔五三〕無憚一曰健也文十二⿰扌密打也⿰目必⿰目勿博雅視也一曰惡視或从勿
⿰酉蔑醬也⿰骨必⿰骨必⿰骨舌所以礙也⿰骨蔑⿰骨蔑骱小骨〔五四〕一曰骨堅⿰石蔑⿰石蔑砎小石𠬛入水取物
⿰皐隶皐息⿰扌蔑〔五五〕拭也⿰赤末〔五六〕赤韋也○殺〔五七〕⿰凶攴⿰杀攵⿰柬攵希⿰角殺〔五八〕⿰米殳煞

〔五九〕一　〔六一〕迅　〔六二〕𥙊　〔六三〕詧　〔六四〕微　〔六五〕嚓　〔六六〕纏　〔六九〕乣　〔七〇〕四　〔七一〕辭　〔七二〕士

山戛切說文戮也古作𢿇敹𣪠布孅散或作煞文十八鎩鏾長矛謂之鎩一曰羽傷也或作

鏾榝蔱艸名說文似茱萸出淮南或从艸𧝓衣縫餘帴說文帬也一曰帗也

一曰婦人脅衣憏巾二〔五九〕幅謂之憏𣻕寒也摋〔六〇〕擊也𪄾鳥飛迅〔六一〕疾○察初戛〔六二〕切說文覆也徐鉉曰祭祀必質明明察也故从祭文十一詧〔六三〕說文言微〔六四〕親詧也擦推也䏢

博雅聽聰視也𪘂齒利一曰齧也蔡艸名有毒殺魚檫木名䰎羅䰎鬼名憏審〔六五〕也嚓聲小○札側八切說文牒也文九紮纏〔六六〕束也𡚩〔六八〕

乣字林天〔六九〕乣也或作𣦼鳦鳥名似百舌喙長蚻蠽蟲名爾雅蚻蜻蜻如蟬而小或

作蠽蠽蟲名說文蠽蝥作罔蛛蝥也扎拔也○𪘀〔七一〕土〔七二〕滑切博雅齧也文一○茁

〔七三〕郗　〔七四〕歠　前　〔一〕兩　〔二〕"文"字

側滑切說文艸初生出地皃引詩彼茁者葭文一○窡張滑切說文穴中見也文十𥨍

說文口滿食聉無知意娺說文疾悍也鵽鳩屬窋說文物在穴中皃一曰后

稷子名䆿頊說文短面也或作頊詘言不辯也朏疾郗〔七三〕○痆瘵女黠

切瘡也或从柰文四𧞤複襦𧝍衣人奴○貀豽〔七四〕女滑切獸名說文無前足漢律

能捕豺貀購百錢或作豽文七柮說文斷也㕯說文言之訥也肭膃肭肥皃䝪豕名

窂穿也○哳知戛〔七五〕切嘲哳鳥聲文一○呾睽軋切呾噠語不正文一○噠宅軋

切呾噠語不正文一

十五○舝舝〔一〕下瞎切說文車軸耑〔二〕鍵也兩穿相背从舛萬省聲萬古文偰字或作舝

〔三〕飫
〔四〕𩑶
〔七〕偖　〔八〕僁
〔九〕五
〔一〇〕楮楬
〔一一〕桓

文二十三轄鎋輨説文車聲也一曰鍵也或作鎋輨䭆飫〔三〕也㔓用力也舝
説文石之似玉者砎砎礣〔四〕小石𩑶説文囚突出也鶷鶷鷐鳥名似伯勞𣘱木所
以正弓弩也𧕿蟲名螻蛄也䔀芊艸名方言蘇沅湘南謂之䔀或省縖
束也搳捾説文擖也或作捾螛蟲名仙姑也磍〔五〕碣磍勁怒皃嗐大開
口骱髖骱小骨閜爾雅代也施乾讀○瞎𥈞許轄切目〔六〕盲也或从曷文七
𪗉説文齒堅聲鬠𩭿博雅禿也或作𩭿偖〔七〕僁〔八〕偖無憚𪟝𪟝𪟝用力聲
○𥢶篕楮五〔九〕瞎切敵也以止樂或省亦作楷〔一〇〕通作揭文十二藒藒車香艸騞
馬駁色磍碣磍勁怒皃髦楬袒〔一一〕不飾者或从木鬠禿也搳博雅搔也

〔一二〕鶷
〔一三〕騬
〔一五〕駞
〔一七〕箬
〔一八〕鳧

擖説文刮也一曰揵也趏走皃○鶷〔一二〕居轄切鶷鶷鳥名似鳧文十擖刮也折也
轕轇轕雜也齃齒聲鶡鶡鷐鳥名似伯勞而小䂭舌出皃䓤艸名羯
騂〔一三〕羊也磍碣磍勁怒皃猰〔一四〕雜也○鶡乙轄切鶡鷐鳥名文九𨶲説文門聲
也圔馲駝〔一五〕聲呾呼聲磍磍礙石地不平歇闕人名史記有趙王歇徐〔一六〕廣讀頪
怒皃輵車聲漢書皇車幽輵碣碣磍勁怒皃○瘵女瞎切廣雅痛也文二䈀〔一七〕
竹病一曰竹皮○齧牛轄切説文缺齒也文十二聐不聽受也𪗉器缺也鬠
𩮀博雅禿也或作𩮀𡿖山中絶皃恝字林閒也一曰傷也一曰缺也一曰厥恝地名
鶡鶡鷐鳥名似伯勞尬行不正鷐鶡鷐鵨名似鳧忦恝急也憂也古作

〔二九〕舂稟

〔三一〕括　〔三二〕至〔三三〕䀏

〔三四〕傛偦　〔三五〕刹

懖　○頢乎刮切小頭皃文十九　䶑齒聲　姡方言獪也一曰面醜一曰靦也　秳

秮舂〔二九〕粟未潰也或从舌　咶⿰口昏息也或作⿰口昏　昏㫧舌博雅塞也或从甘亦作舌

敌〔三〇〕盡也　⿰骨舌帛細者　婠好也　刖危也　寠面短也或書〔三一〕作嬷　瀕瀕〔三二〕瀕

不淨也曰言不了　䄹⿰礻昏〔三三〕廣雅法也或作⿰礻昏　佸會也生也勤力〔三三〕於田也　○䀏

荒刮切埤倉怒視皃文二　傄〔三四〕傛傄健也　○刮捖古刹切說文掊杷也一曰摩切或作捖文

九　䄹禳祭也　鴰鳥名爾雅鶬麋鴰　睆明皃禮華而睆徐邈讀　⿰骨舌帛細者

銽銛斷也或从舌　趏走皃　○刖跀五刮切斷足也或从足文五　䏓

墮耳也　⿰歹月獸食餘　詽博雅怒也一曰訶也　○㭷百轄切木名文一　帓莫轄

〔二七〕鏩

〔二九〕豈　〔三〇〕篡

〔三一〕蔽

〔三二〕也

〔三三〕丑

切帶也文五　袹帞貊邪巾袹頭始喪之服或从巾亦作貊　韎赤韋　○刹剎初轄切柱也或作刹文九　剸斵割聲謂之剸或从斤　猻水獸名　搩搏也　杀

徐鉉曰未知所出　菿艸名　黥黑也　○𠞫鍘槎轄切〔二七〕斷艸刀也或作鏩文四　積

農具　汃汃汃水流皃　○髻而轄切細毛〔二八〕𢻹一　○刷數滑切博雅〔二九〕𥮤謂之刷一曰刮

也文三　選金銖兩名也　唰小嘗也　○纂〔三〇〕芻刮切說文黃黑而白也一曰短黑文六

蔽〔三一〕除艸也　荃艸名　斵剸𠝏博雅斷也或作剸𠝏　○哳陟轄切嘲哳鳥聲文

二　賯貨也　○鵽張刮切鳥名說文鵽〔三二〕鳩也文五　窡穴中出皃　錣策端有鐵　娺

疾悍也　窶面短皃　○頢一田〔三三〕刮切頢頢小頭一曰面短皃文二　瀕瀕瀕不淨也　○

婠[三四]妠　女刮切婠妠小兒[三五]肥皃或作妠文六　甋甓[三六]　甋也或作甓亦書作甇　晵[三七]目深皃　袦　帶襦也　○獺[三八]　逖鎋切捕魚獸文一　○蔎　側刮切菜名文一

十六○屑屑　先結切說文動作切切也一曰敬也勞也不獲已也隸作屑文十九　糏䴬　春餘也或从麥　榍　說文限也　⿰月肖⿰血肖　博雅脂也一曰臆中脂或从血　⿱艹屑　艸名　僁偦　說文聲也一曰僁僁呻吟也或从屑　⿰忄屑　憂也　㴮滑泧　㵶㴮水皃或从屑从戌[二]　揤　挺出物也一曰揲也　⿰足屑　敝跬疲也一曰分外用力皃　⿰彳屑　撤[三]⿰彳屑衣服婆娑皃一曰僁偦揺也　婿　小皃　⿰米悉　說文槃也　○切　千結切說文刌也爾雅骨[四]謂之切一曰迫也要也刌也文十七　柣榍　爾雅柣謂之閾或从屑　竊竊[五]　說文盜自中出曰竊一曰

〔三四〕婠妠〔三五〕皃　〔三六〕賢〔三七〕瞖

〔三八〕獺

〔二〕戌　〔三〕撤

〔四〕骨刌

〔五〕竊竊

淺也或省　⿰言祭[六]詧嚓　正言也或省亦作嚓　沏　水聲一曰水流疾皃　⿰足切　跌也　⿰齒切　說文齒[八]差也　漆[七]　漆漆祭祀之容　踕　爾雅斛[九]謂之踕沈旋讀　⿰扌切　博雅磨也　⿰糸切　博雅索也　⿰耳祭[一〇]⿰耳祭　聰也或省　○節　子[一一]結切說文竹約也一曰制也操也信也文十八　[一四]⿰忄節　心有度也　莭　草[一二]約也　⿰亻節　博⿰亻節猶趣節也　卩　說文瑞信也守國者用玉卩守都鄙者用角卩使山邦者用虎卩土邦者用人卩澤邦者用龍卩門關者用符節貨賄用璽卩道路用旌卩象相合之形通作節　㞕[一五]叚　治也或作叚　癤　癰也　㞕[一六]⿱卽山　說文陬隅高山之節或从即　楖　說文欂[一七]櫨也或書作楶　⿰巾節擳　拭[一八]也或从手　⿰火節　燼謂之⿰火節　蝍　蝍蛆蟲名蜈蚣也　鯽　魚名　⿰扌次　治髮也莊子簡髮而⿰扌次　搜　斷絕也　○截截　昨結

〔八〕詧嚓

〔九〕斛

〔一〇〕聯聯　〔一一〕子

〔一二〕艸　〔一三〕傳

〔一五〕叚　〔一六〕㞕

〔一七〕欂　〔一八〕拭

［一九］𨑛　［二〇］㦰

［二二］蟟

［二三］鼅

［二四］佷　［二五］顛

切說文斷也或竹攕文十六𨑛[一九]邪出前也節岊㦰[二〇]山高峻皃或作岊戠蠞蟲名海蟹也䕙博雅治也一曰艸名𩞄食也札疫癘[二一]也周禮大札則不舉徐邈讀蠽蚻蟲名爾雅蠽茅蜩似蟬而小青色或作蚻𪕁𪕁鼬猿類長毛善走蟟[二二]蜍水蟲名海蒩有蟟蜍或省䉀竹劑也○窒丁結切塞也文十四𦂭結也𥈑瞠䀌惡皃㗧㗧咄語無節蛭水蛭蟲名咥蛇咥虜姓螲螲螲蟷蟲名似鼅[二三]鼄在穴中有蓋或从室恎博雅恎佷[二四]也㧨摘也䪽䪽顛[二五]小頭皃櫍斫木具𨳿閉也囶下入也○鐵銕鐵他結切說文黑金也或省古作銕鐵文十六㩷捅擳也僣狡也飻餮說文貪也引春秋傳謂之饕飻或作餮驖說文馬赤黑色

［二六］蟷　［二七］跦　［二八］达　［二九］墆　［三〇］懘

引詩四驖孔阜蛈蟲名螲蟷[二六]也耋年八十也易大耋之嗟王肅讀戜替也鴩鳥名爾雅鴩鋪敊或書作鴂佚怢佚蕩簡易也或从心替弛也○姪𡣍徒結切說文兄之女也或作𡣍文七十五耊耋𦒹說文年八十曰耊或不省亦作𦒹絰錸[二七]說文喪首戴也或从梟𦤹說文觸也凸高也胅𩨗胰膝說文骨差也一曰腫也一曰連䏲肉或从骨古从弟从奉跌蹛說文踢也一曰越也或从帶趃大趨也迭踼說文更迭也一曰迭[二八]或作踼咥㗧𪘨𪗃齧堅皃或作㗧𪘨𪗃詄說文忘也蛭水蛭蟲名恎恎佟懼也一曰很也㧨挃博雅擿也或省墆[二九]貯也止也懘[三〇]不能自安也垤說文螘封也引詩鸛鳴于垤跮前却皃窒實也一曰

[三一]寱　[三二]冢
[三三]車
[三四]文鼓
[三五]⿱艹戴
[三七]愓緩　[三八]首　[三九]攎
[四〇]戜

寱[三一]門冢[三二]前闕皆謂之窒皇　柣閑[三三]桔柣鄭門名或从門　閳閉也　泆泆蕩滌也　戜
說文利也一曰剔也　軼[三三]畢相出也　⿰馬失駞說文馬有疾足或作駞　驖騺馬赤黑色
或省　⿰鳥失⿰鳥至雉鳥名說[三四]鋪豉也或作⿰馬至亦从隹　蛈說文蛇惡毒長也　蛈蟲名博雅
蛺蜨蟞蛈　螲螲蟷穴蟲王蛈蝪也　⿸厂失⿸厂弗⿸厂弟⿸厂帶說文瓞也引詩緜緜瓜瓞或从
弗亦作⿸厂弟⿸厂帶　苵⿱艹戴[三五]艸名說文⿱艹戴苵也或作⿱艹戴　荎木名刺榆也　嵽⿰山窒⿱山堂
峌山皃或从窒从室亦省　戜[三六]替也　突蹔出也易突如其來如[三七]王肅讀　至單至輕發
皃　佚方言佚愓[三七]緩也　首[三八]說文目不正也　摕⿱摕木攎[三九]取也或作⿱摕木　昳日側　鬀
剃剔髮也或从弟　⿱戴大[四〇]大也盛也　秩序也常也　眹眰⿰目夆目出皃一曰目不正

集韻　入聲九　三一

[四一]鐵　[四二]⿱京衣
[四三]謚
[四四]矢　[四五]戾
[四六]染　[四七]呼　[四八]雞
[四九]奭　[五〇]左　[五一]涅
[五四]捏
[五六]攴

一曰以目使人也或从至从㚔　鐵[四一]利鐵也　○𡗗⿱𡗗关力結切𡗗𡗗頭⿱京衣[四二]態一曰多節目也
或作𡗗文十八　眣轉視　戾曲也至也一曰謚[四三]也無其功有其意謂之罪有其功無其意謂之戾
⿰戾刂割也　捩攦拗也或作攦　矢[四四]左戾也　盭引戾[四五]也　綟綬謂之綟一曰
綟[四六]莀艸染色也　呼[四七]雞[四八]鳴　唳淒唳鳥聲　棙木名善破血　莀紫艸　淚漻淚水皃
隸僕也　⿺辶从⿺辶从奭[四九]行不正　乀右[五〇]戾也　○涅[五一]乃結切說文黑土在水中也一曰化也一
曰水名一[五二]曰縣名在上黨文二[五三]十三　⿰土⿱日土⿱日土下也塞也或省　⿰月⿱日土腫也　捏[五四]搦也　⿰口⿱日土
⿰言⿱日土博雅怒也一曰訶也或作[五五]⿰言⿱日土　⿰石⿱日土羽⿰石⿱日土礬石也　篞⿱竹⿱日土爾雅管中者謂之篞或省
⿸疒⿱日土痛也　捻敜按也或从攴[五六]　苶[五七]疲皃一曰止皃　⿱艹念艸名　⿱艹⿱日土⿱艹涅菜名似蒜

集韻　入聲九　三二

生水邊或从湼[五七] 窒塞穴[五八]也 埶[五九]木楔也 疹疾也 沴陵亂也莊子陰陽之氣有沴

哪[六一]咄哪胡人名 硞石名 ○纈奚結切繫也謂繫繒染[六二]爲文也文三十三 襭擷說文以衣衽扱物謂之襭[六三]或从手

㨝博雅束也 頁說文頭也从百从儿古文䭫首如此 [illegible]說文頭衺骫奊態也

𦢊博雅𦢊膭膜也 齕[六五]博雅齧也 絜[六六]爾雅河名即九河之一也一曰絜束知其大小也

桔桔梜鄭門名或作閘 閭門聲 頡說文直項也亦姓 胡胡翮飛上下皃通作頡

鼲鼠名色蒼 蝢胅蝢國名月支也[六八] 犎牛很[六七]皃 麧屑麥

粃秔屑米細者曰粃或从禾 瞸瞸瞸目赤 獺[六九]山海經釐山有獸狀如犬有鱗名曰獺

蘱龍蘱艸名馬蓼也 挈縣持也通作絜 紇大絲 髺竈神名 縻帶也

莊子[七〇]正縻條履 乩乩毒國名身毒也 𦾽鴻𦾽艸名[七一]葒也 趹[七二]姓也後唐有趹跌琉[七三] 蟆蟲名

黴麥全曰黴通作䵄[七三] 戮[七三]邀也 ○沓[七四]顯結切廣雅沓沓肥也文八 歙[七五]歙歙

覨气繫牛頭一曰急也 肸肸蠁也 擷衽扱也 擷束也 褉襦也 絜約束知大小也莊子絜之百圍徐邈讀一曰河名以其水勢約絜也

○猰[七七]詰結切獸名文二十一 窫靜也 [七六]傾 挈說文縣持也 顈短皃[七七]顝顈 矢[七八]左女也 奊奊奊多節目一曰頭

契契闊勤苦也詩死生契闊 絜博雅缺也 㓞刻也通作鍥鍥 𡐛界也 稧禾稈也

絜水名出雍州南山 趐[七九]踋跳皃或从足 鍥鍥說文鎌也或从挈

䜀器受一斗北燕謂瓶爲䜀 蛣蛣[八〇]蛣蟲名長寸餘腹中有蟹子如榆莢合體爲蛣一曰蚌之小

[五八]作　[五九]六　[六〇]棨
[六一]哪　[六二]淤
[六四]蛇　[六六]絜束
[六七]很

[六九]係　[七〇]鴻　[七一]疏
[七三]戮　[七四]沓　[七五]歙
[七六]脛
[七七]瀕　[七八]矢　[七九]仄
[八〇]傾
[八一]璞

[八三]猛 [八四]女 [八五]也 [八六]桃 [八七]鄞

者
蛪[契䖵]蛪蚼蟲名似蟬而小或从蚰齧噬也○結紒吉屑切說文締也或
作紒文三[八三]十六桔說文桔梗藥名一曰直木袺爾雅執衽謂之袺拮說文手口共有
所作也引詩予手拮据狤狤[八四]据獸名奊說文頭傾也[虫奊]蟲名蠸也一曰蝗屬絜
說文麻一耑也潔絜洯清也或作絜亦省㛃艾[八五]㛃清也[木挈][木絜]㮏槔及水
具或从絜鍥[金絜][金挈]鍻博雅鎌也或从絜从挈从結[艸結]艸名[鳥吉][鳥絜]鳥名
說文[鳥吉][鳥絜]鳧屬或从絜趌趌趨跳皃魝說文楚人謂治魚[八六][走蘭]說文𥤢走意髺神
名著赤衣[广絜]帶也楔木[八七]名爾雅楔荆桃施乾讀蛣蛣蟩井中小蟲鮚蚌也漢書鄞[九〇]縣
有鮚埼亭頡頭小皃蛪蛪蚼蟲名[艸魝]艸名計畫也扢摩也秸禾秀也

[八八]蠮 土蠭 [八九]白身 [九〇]壼 [九一]槷 [九二]執手 [九三]䕙 [九四]岜

○噎餲饐一結切說文飯窒也或作餲饐文二十三咽聲塞也[米壹]米餌曀
風晦也[門壹]闃也㝋窫靜也或从穴蠮[虫翳]螉[八八]蠮螉蟲名土蜂也或作蠮
亦从㾐洇𣸋水流皃或作𣸋𤞞獸名[八九]四角搤持也猰㹸猰貐獸名
似貙或从豸湮塞也螠螠蟜蟲名壼[九〇]壹鬱不得泄也翳蔽也蛪蛪蚼蟲名
如蟬不捨晝夜○齧倪結切說文噬也亦姓文二十三𧞤爾雅衣流謂之𧞤闑爾雅
橛謂之闑臬槷[九一]說文射準的也或作槷隉[阝臬][食臬]摰[九二]棿倪說文危也
徐巡以爲隉凶也賈侍中說隉法度也班固說不安也引周書邦之阢隉或作[阝臬][食臬]摰棿倪[埶足]
䕙[九三]也蜺蛪霓屈虹也或作蛪霓蛣蛣蟩井中小蟲嵲嶭峴岜[九四]嵥嵲

〔九五〕穴

〔九六〕禋

〔九七〕眏

〔九九〕疾

〔一〇〇〕闕

〔一〇一〕䬑

〔一〇二〕蒨

〔一〇四〕缺

山高或作嶭峴肻亦書作岲　⿰氵臬水名　鬞龍鬠　巆屼巆山皃　○穴〔九五〕胡決切說文土

室也文六　⿰糸穴說文縷一枚也　坹空深皃　袕衣開孔也　鴥鳥名　抭抭揳〔九六〕擊　○

血呼決切說文祭所薦牲血也从皿一象血形文二十一　瞲　⿰目穴　𧦧〔九七〕驚視也〔九八〕或作⿰目穴

眏　䀏瞠䀏視惡皃　訹博雅怒也〔一〇〇〕　泬說文水从孔穴出也〔九九〕　闃闃闃無門户也　窩

窔說文空皃或从血从夬　䬑〔一〇一〕陕陵自窔也或作陕　桖木名赤若血　𧯎

說文艸也一曰地蓋蒨〔一〇二〕也　決　咉疾皃或作咉　坹博雅〔一〇三〕深也　疦瘡大者疦　𩗺

風　瘸瘡皃　○闋苦穴切息也止也文七　闃　闋闃闃無門户也或不省　溔

溔闃流川　鈌〔一〇四〕　㖕　決破也或从皿亦作泱　○玦　璚古穴切說文玉佩也

孫炎說

〔一〇六〕剌

〔一〇七〕泬

〔一〇八〕梋

〔一〇九〕裪

〔一一〇〕也

〔一一一〕雉

或作璚文五十七　觼〔一〇五〕　鱊　鐍說文環之有舌者或作鱊鐍通作觖　鈌博雅〔一〇六〕刺也　觖

怨望也　潏　泬〔一〇七〕說文涌出也一曰水中坻人所爲爲潏一曰水名在京兆杜陵或从穴　決

說文行流也廬江有決水出於大別山一曰斷也　刔　抉剔也或从手　肤說文孔也

柍方言梋〔一〇八〕謂之柍　𧝞　袂博雅裪〔一〇九〕𧝞袖也或从夬　⿰糸穴　缺　繘縷也或从夬从

矞　訣絕也　譎　矞說文權詐也梁益曰謬欺天下曰譎或省　䀗說文消目也　憰

說文權詐也一說心恑曰憰言詭曰譎　疦說文癘也　趹說文馬行皃一曰步疾也　赽

說文踶也一曰疾也　駃說文駃騠馬父贏子曰〔一一〇〕　𡘋說文獸也似狌狌　鴂　雉〔一一一〕　鴂

鳥名說文鶪鴂也或从隹亦作鴂　蚗蛁蚗蟲名蟪蛄也一曰龍屬　芵　茯芵光艸名芵明

【一三】決

【一四】蚗

【一五】⿰韋夬

【一六】匹

也識从決【一三】夬弜所以闓弦者詩夬拾既次或从弓通作決 罬罔名爾雅罬罬也郭璞讀

闋騤爾雅馬回毛在背曰闋廣或从馬 鴃鶪鳥名伯勞也孟子南蠻鴃舌或作鶪

僪日旁氣也 ⿰礻矞不祥也 砄石也 ⿰犭夬獸走也 ⿰阝夬陵阜突也古作⿰臾矞

⿰酉矞蚗【一四】醬 鱊魚名 吷鳥聲 ⿱穴夬穿也 瞲目深皃 ⿰目穴或省 妜美皃 炔

焆煙皃或作焆 ○抉一決切說文挑也文十二 ⿱穴抉說文深抉也 鈌說文刺也

⿱穴夬說文穿也一曰空也 妜說文鼻目間皃 瞲說文目深皃 焆火光 決噎也

周禮銳喙決吻 烓博雅明也 蛈蟲名說文蛈【】蟧也一曰蟪蛄秦謂之蛥蚗 ⿰臾矞說文

自突也 ⿰韋夬【一五】城缺也 ⿰身夬頓皃 ○撆蔽四蔑切說文別也一曰擊也拂也或作撇

【一七】右

【一九】⿰香朮

【二〇】⿰香㡀

【二一】跙

【二二】牽

【二三】晢

【二四】勛

【二五】閱

【二六】閈

【二七】紬

【二八】蜨

【三〇】柲

亦書作撇文十八 ⿰敝力削也 丿左戾也 ⿱敝糸編繩 瞥【一八】⿱敝見 覕說文過目也一

曰目翳一曰財見也或从見亦作覕 ⿱敝耳暫聞也 嫳說文易使怒也 ⿰香㡀 ⿰香朮 ⿰香朮【一九】稱 ⿰香㡀【二〇】

香也或作⿰香朮⿰香朮 颰【二一】小風謂之颰 瞥瞥瞥日落勢 蟞蟞蜉蟲名蟻也 蹩【二一】足蹩也

或書作撆 捭牽【二二】也 ○⿰弓㡀 彆 ⿱折弓 ⿰糸㡀必結切弓戾謂之⿰弓㡀或作彆⿱折弓⿰糸㡀文一十七

⿰革㡀珌刀削飾或作珌 ⿰衤㡀袂也 ⿰足㡀跳也 ⿰㔾力【二四】奋巨力也或作奋 ⿰魚㡀魚行

皃 閉【二五】闔【二六】也俗作閈非是 ⿰火㡀燓灼物焦也或作燓 ⿰目㡀暴乾也 必縪

以組約圭也周禮天子圭中必或作縪 ⿰韋必弓紲【二七】也 蟞蟲名博雅蛂蟩【二八】蟞蛈 ⿰糸㡀紉帶

謂之蔽 ⿰月必肥也 痺足病 佖滿皃 撇揞衣 ⿰臾奥【】迣奥行不正 抋捌

捩也或作捌　○蹩【三一】蒲結切說文踶也一曰跛也文三十四　撇批擊也或作批　頫頫頪短皃　胇說文肥肉也　䟾足擊也　苾菜名　抋捩也　馝馝馩稍　秘香也或作馝馩稍秘通作苾　咇語也　飶食氣之香　瘍【三二】枯病　蛂蛂蟥田蟲名

敝敗也詩敝笱在梁徐邈讀　弊惡也周禮弊弓徐邈讀　覕過目也　徶徶徶循衣服婆娑皃或从人　嫳博雅怒也或書作嫳　憋惡也或書作憋　炦火氣　蟞蟞蜉蟲名蟻也　坲坲埻塵皃　撆拭也　梐木也　颰風也　柲戈戟柄　襒衣也或書作襒　斃【三三】斃仆也或从死　○蔑【三四】莫結切說文勞目無精也从首人勞則蔑然从戍文三十八　懱【三五】說文輕易也引【三六】商書从相陵懱一曰末也　櫗博雅擊也一曰櫗楔不【三七】方正　𨢿

【三一】跛　【三二】瘍　【三三】斃　【三四】苜蔑　【三五】以　【三六】末

醯醋【三八】醬也　瀎塗【三九】飾也一曰瀎滅水皃　鑖【四〇】博雅鑖鏍鋌也　𩈨𩈨少面小也　衊說文汚血也　䀋汚面也　薎瞜說文目眵也一曰目赤或从薎　覕說文蔽不相見也　幭說文蓋幭也一曰鈇【四二】禪被一曰車覆也或省　𥿄細也　𥢔䅬【四四】說文禾也或省

䉾【四三】粖𥽀粆說文涼州謂鬻爲䉾或从末从蔑亦作粆　粝稭也　篾䈼析竹也一曰桃【四五】枝竹名或从密　𤒻【四六】說文火不明也引周書布重蔑席纖蒻席也　鸈𩀣鳥名工雀也一曰巧婦或从隹　𠐲【四七】僭也　鴓䳁鳥名䳸英也或从宓　鱴鱴魛魚名鮆也　蠛說【四八】文蠛蠓細蟲也　眛【四九】地名春秋傳公及邾儀父盟于眛通作蔑　瞢蔑【五〇】目不明也或作蔑　𥈑舉目使人謂之𥈑　苜目不【五一】正或書作茁　礣礣砎堅石　○鬃鋪結

【三八】醋　【三九】滅　【四二】必　【四三】䉾　【四四】稍　【四五】桃枝　【四六】纖　【四七】僭　【四九】眛　【五〇】莧　【五二】茁

〔二〕絏紲

〔四〕瞑晦　〔五〕㛮

〔七〕禼𥜽

切駸兒

文一

十七○薛薛私列切說文艸也或省一曰國名亦姓文四十六〔一〕辥說文辠也

紲緤絏〔二〕說文系也引春秋傳臣負羈紲或从枼从曳褻說文私服引詩是褻袢也

絬〔三〕說文引論語絬衣長短右袂⿰巾祭說文殘帛也暬說文日狎習相慢也詩曾我暬

御謂侍御一曰瞑〔四〕晦也媟㛮〔五〕說文嬻也或作㛮偰〔六〕契說文高辛氏之子堯司徒

殷之先或省古通作禼禼禼𥜽〔七〕說文蟲也象形或作𥜽渫𣸣泄洩說文

除去也一曰漏也或作𣸣泄洩詍詍言多也或作詍𦐡𦐺飛皃或从曳⿸疒世

瘛痸病或从曳⿱辥力說文斷也一曰餘也⿱埶金〔八〕博雅椎也一曰羊箠耑有鐵一曰田器以

〔九〕粻　〔一二〕擮　〔一三〕樴　〔一四〕埶　〔一五〕桃　〔一六〕樧

〔一九〕蜩　〔二〇〕尐　〔二三〕⿸髟尐　〔二五〕蜻　〔二六〕襳

治苗殺艸齛⿰齒离⿰齒曳說文羊粻〔九〕也或从离从曳揲持數也易揲之以四〔一〇〕靾馬被具

伳傍也⿱枼心不安皃〔一一〕躠殺蹩躠旋行皃或作殺亦書作蹩揳〔一二〕機〔一三〕揳拭滅也

楔榝槷說文樴也蜀人从殺周禮从執〔一四〕一曰楔山挑〔一五〕榝〔一六〕側擊也春秋傳榝仇牧

呭⿰口曳樂也或从曳⿺毛世〔一七〕鳥獸理毛潰注也○蠽蠽子〔一八〕列切蟲名說文小

蟬蜩〔一九〕也或从虫文十四⿰韱鳥說文鳥也尐〔二〇〕說文少也⿰扌尐說文摘也⿰歹尐〔二一〕字林夭死也⿱髟韱〔二二〕

⿸髟尐〔二三〕說文束髮少也或从尐瀸〔二四〕灑也孅好也⿰口尐鳴也⿸疒韱癰也⿰虫尐蟦〔二五〕蚻蟲名

〔二六〕襳小衣○䨮雪相絕切說文凝雨說物〔二七〕者一曰除也隸省文八⿰巾祭⿰巾祭縷令時翦繒

爲華⿰扌彗掃滅也泧拭勺以酌酒一曰瀎和⿰女戌博雅盡也⿰貝歲艸名鼠姑也歲

〔三一〕曰致　〔三二〕絲\　〔三三〕橇　〔三五〕具　〔三六〕拈　〔三八〕蝆　〔四〇〕斷　𢇍

年也○膬脃脺促絶切說文耎易破也或作脃脺文八絟荃細布也或作荃
⿰石毳石破也敠斷也蕞艸聚皃○蕝蕞租悅〔三一〕切說文朝會束茅〔三二〕表位曰蕝引
春秋國語置茅蕝表坐或作蕞文十三⿰阝絶隔也絶⿰糸⿱刀巴⿱絶手斷也或从刀从手茁
艸生皃橇〔三三〕毳禹治水所乘形如木箕擿〔三四〕行泥上或作毳通作蕝撮行其〔三五〕尸子曰行
險以撮⿱折支拈〔三六〕也⿰月毳柔易破也⿱艹惢艸木聚生○⿰扌叉⿱折支⿱折乙似絶切拈也或
作⿱折叕〔三七〕⿱折乙文七⿰魚折⿰虫折⿰魚公⿰魚折魚名似蝤蝆〔三八〕生海中从虫⿱折及撮取皮也⿱折疋旋倒也
○絶𢇍情雪切說文斷〔三九〕絲也古作𢇍象不連體絶二絲文二○詧遷薛切察也文二
蕝束茅表位也○設式列切說文施陳也从言从殳使人也文六蔎說文香艸

〔四一〕作　〔四二〕動　〔四四〕山　〔四三〕「記」　〔四五〕晣　〔四六〕䐑䏰　〔四七〕斳　〔四八〕臭　〔四九〕舌「也」者\　〔五〇〕斳斳

也晣明也餟陳飲食也⿰巾祭裂帛也揲數著也○掣尺列切挽也文五⿸疒制
瘛⿸疒掣⿸疒制瘲病也或从〔四一〕瘛⿸疒掣⿱制心⿱制心心動〔四二〕○浙漸之列切說文江水東至會稽止〔四四〕
陰爲浙江一曰大也或作漸文二十一晣說文昭晣明也引禮記〔四三〕晣明行事或書作晢〔四五〕⿰目折
目明也䐑〔四六〕䏰博雅䐑䏰脂也或从折折斳〔四七〕斷也或作斳⿰犭折蟲蟦之子
也靼⿰革亶說文柔革也古作⿰革亶通作靳⿱折食臭〔四八〕也⿱竹折博雅笙⿱竹折席也⿰革折刀削⿰彳折
方言刻也謂相難折⿱折鳥鷙鳥擊也或作鷙也⿰歹折夭死也⿱艹折斷艸⿰女折女字蛥
蛥蚗蟬類○舌〔四九〕食列切說文在口所以言也別味也又姓文二十一⿱艹舌艸名斳〔五〇〕斳
折說文斷也从斤斷艸譚長說籒从艸在仌中仌寒故折隷从手揲⿰扌卌⿰扌⿱丗丗⿱竹弄

〔五二〕忕

〔五三〕脂

〔五四〕炪

〔五五〕嘗

〔五六〕醊

〔五七〕麄

說文閱持也或作拙搚箄⿱竹斤席⿰魚斤⿰魚公⿰魚斤海魚名鞨𠛸磔治皮也或从刀亦作磔蛥蛞蛥蛈蟲名蟌蛞也或作蛞忕〔五二〕習也渫治也易井渫不食徐邈讀肵胜〔五三〕斬牛羊脂也誓相要以言也逝往也○熱而列切說文温也文二苶疲皃○說輸爇切說文說釋也一曰談說文三蜕復蛸也税田賦○歠歠吷毳姝悅切說文歠也或作歠吷〔五四〕毳通作啜文十二⿰叕出⿰矢出〔五五〕短皃或从矢⿱穴毳穿地啜說文嘗也〔五六〕一曰喙也泣也毳細毛惙疾悍醊〔五七〕鹹菹荃菜名○拙⿰矢出朱劣切說文不巧也古作⿰矢出文十七炪說文火光也⿰出頁肫面骨博雅顴〔五八〕頔也或作肫準鼻也漢書高祖隆準服虔讀⿰叕頁頭短⿰叕出⿰叕㐁掇麄⿰叕出短皃或作⿰叕㐁掇醊

〔五八〕棳

〔五九〕毋

〔六一〕捼

〔六三〕染

鹹菹梲梁上楹謂〔五九〕之梲通作掇棳說文木也益州有棳縣蝃蛐蠿蟲名蜘蛛也或从出从⿰糸糸茁艸初生皃○蓺焫如劣切〔六〇〕說文燒也引春秋傳爇僖負羈或作焫文九吶言緩也或作㕯蜹蚋蟲名蚊也或省芮國名汭水北也春秋傳及滑汭擩捼擩也或作捼○椴山列切木名○閷士列切城門版也文五齘也鞨鞢剟治皮也或作鞢剟○㕞所劣切說文拭也从又持巾在尸下文八刷說文刮也引禮布刷巾涮水名唰鳥治毛也鋝率量名或作率啐說文小歓也一曰〔六一〕嘗也選稱銖兩數○𢿝〔六二〕測劣切小舂也一曰聲也文五荃艸名可染〔六三〕一曰菜也絟細布醛酒味變也輟〔六四〕箭室○茁側劣切艸初生皃文五篹

【六五】雞　【六七】形　【六八】⿱徹力　【六九】摘蔟　【七〇】⿰舟敝　【七一】颭　【七三】丨　【七四】車　【七五】瞮　【七六】徹

黑皃體瘁謂之纂鵽鷄【六五】聲剟斷也蕞艸聚皃○哲悊嚞喆陟列

切說文知也或从心古从三吉亦省文八晢明也㫼【六六】博雅塞也蜇蜇螫也或从折

○屮敕列切說文艸木初生也象【六七】丨出形有枝莖也古或以爲【六八】艸字尹彤說文十五徹徹

⿰足敝說文通也古作徹或从足撤抽也⿱徹力【六九】說文發也聅說文軍法以矢貫耳也引司馬

法小罪聅中罪刵大罪剄硩說文上擿【六九】山巖空青珊瑚墮之引周禮硩蔟氏一曰石中矢⿰舟敝【七〇】

舩行也艓博雅艓謂之舠颭颭颭【七一】風皃焎火然也爅【七二】爅焥煙皃丨【七三】上下通也

瞮明也○轍⿰足敝軼直列切說文迹【七四】也或从足亦作軼文十二⿰目敝【七五】明也徹徹

通也道也古作徹撤⿱徹力去也或从力通作徹㰒楊㰒東【七六】名通作㰒澈水澄也

【七八】迾　【八二】電　【八三】⿱列禾

硩毀也周禮硩蔟氏徐邈讀䌏衣破○𠛱列𠜾力蘖切說文分解也隸作列或

作𠜾文三十八𡿪說文水流𡿪𡿪也⿱𡿪火烈說文火猛也一曰業也光也隸作烈咧【七七】

咧咧鳥聲𤄊洌說文水清也引易井洌寒泉食隸作洌冽寒也颲說文烈風也【七八】

⿱𡿪衣裂說文繒餘也隸作裂挒捩也⿰片列剖也通作栵⿱列女美也迾例

迣說文遮也或作例迣【七九】⿰土列塍也⿱列馬騾也或書作⿰馬列鴷⿱列翟鳥名爾雅鴷斲木或

从隹㤠博雅㤠㤠【八〇】憂也或書作㤠鮤魚名爾雅鮤鱴【八一】刀蛚蟲名說文蜻蛚也一說蛚

蟋雷【八二】師⿱列木【八三】⿰禾列說文黍穰【八四】也或作⿰禾列【八五】茢茢說文芀也隸作茢栵栵木名

說文栭也引詩其灌其栵或作栵栗析也通作裂⿱列齒齒分骨也厲嚴也一曰䉴垂飾

〔八六〕𠛱　〔八七〕株

〔八九〕纞

〔九〇〕之

〔九一〕裰

〔九三〕蠿

〔九四〕蝥

〔九五〕𥏼

〔九六〕啜

〔九七〕鐵〔九八〕椿〔九九〕爩

𡾋山高皃古有𡾋山氏爄火斷也𠛱〔八六〕有力也○叕綴〔八七〕林劣切說文綴聯也

或从糸文二十九𨍏說文車具也輟〔八八〕說文車小缺復合者一曰止也古作纞〔八九〕罬

罔名說文捕鳥覆車也諁啜多言不止謂之諁或从口掇〔九〇〕拾取也餟休祭也通

作裰〔九一〕腏說文挑取骨間肉也一曰髓謂之腏惙說文憂也引詩憂心惙惙一曰意不定也一曰

疲〔九二〕也蹳趨跳也或从走畷說文兩陌間道也廣六尺剟說文刊也蠿〔九三〕蝃

蟲名蛛〔九四〕蝥也或作蝃𥏼綴博雅𥏼〔九五〕短也或作𥏼騣馬名的盧也醊裰酹謂

之醊或从示顡首短謂〔九六〕之顡䫎續骨也〔九八〕涰泣也通作涰〔九九〕羠羊躍而死錣

鋭策耑有鐵〔九七〕或作鋭○皴椿劣切皮剝也文三爩〔九九〕竈中煙疶傷也○劣

〔一〇二〕踉　〔一〇三〕乀

〔一〇五〕膊

〔一〇七〕啇　〔一〇八〕挍　〔一〇九〕末

龍輟切說文弱也通作𢗏文十八𢗏〔一〇〇〕少也憂也叜說文撮也脟說文脅肉〔一〇一〕一曰腸間肥

也一曰膫也𨂁〔一〇二〕躐跳跟〔一〇三〕皃鋝鋢說文十〔一〇四〕銖二十五分之十三也引周禮重三鋝北方

以二十兩爲鋝東萊以鍰爲權重百二十斤亦曰鋝古从率埒說文卑垣也一曰丘名浖

博雅浖厓也一曰山上有水曰浖通作埒犉說〔一〇四〕文牛白脊也毟馬毛雜斑謂之毟哷

鷄鳴也蛶蟲名說文商何也桴說文木也一曰舟檣𤱚耕田起土也膊〔一〇五〕界也

太玄福則有脟陸績讀捋采也耒〔一〇六〕耒禾麥知多少也○吶女劣切聲不出謂之嗗吶

䇿〔一〇七〕書作商文二笍羊箠耑有鐵○𢬝拽羊列切捈也或作拽文七曳西戎有河

名曳咥𥬗校縫〔一〇八〕箄也揲數也𢿱遠也〔一〇九〕末也眣以矢貫耳司馬法曰小罪眣○

〔一二〇〕丆　〔一二二〕夅　〔一二三〕要處　〔一二四〕乜　〔一二七〕梲　〔一二九〕戌威　〔一三〇〕銊　〔一三一〕颰　〔一三二〕怴

娎許列切說文娎娍也文二　焎火氣　○孑〔一二〇〕吉列切說文無右臂也一曰單也健也文六
秄〔一二一〕禾把　紒絲束　釨方言戟楚謂之釨　揲數也　夅〔一二二〕相遮〔一二三〕害虔一曰亭名在南陽
○悅說兌欲雪切喜也樂也服也或作說兌文十四　娧姚娧好皃　閱說文具數
於門中也一曰察也出門者察而數之〔一二四〕　鵽說文鳥也　蜕方言燕趙謂蝗小者曰蚴蜕一曰蟬
蛇〔一二五〕解皮也　莌博雅小池〔一二六〕　{艹閱}菜名葉似竹生水旁　脫蟲新出皮悅好皃司馬彪說　{目兌}
目玩也　銳楚宋謂梲〔一二七〕曰銚銳　毤毛落也　〔一二八〕帨佩巾　○旻翾劣切說〔一二九〕文舉目使
人也文十二〔一三〇〕　烕說文滅也从火戌火死於戌陽氣至戌而盡引詩赫赫宗周褒姒滅之　{歹戌}〔一三〇〕
盡也　颰〔一三一〕{風夬}小風或从夬　翃決小鳥飛皃或作決　炔焎炔火始然也　怴〔一三二〕

〔一三三〕眂　〔一三四〕說　〔一三五〕雷　〔一三七〕娋　〔一三九〕䀏旻　〔一四〇〕揭　〔一四二〕甂

博雅怒也一曰愚皃　眓〔一三三〕視〔一三四〕文視高皃　吷小聲一曰飲謂之吷　絏拽也　○鈌缺
傾雪切說文器破也一曰少也或作缺文八　闋說文事已閉門也　蒛艸名爾雅茥蒛〔一三五〕葐
{叕}博雅病也　𣪠說文缺也古者城闕其南方謂之𣪠　蛥蚗蛚蛥雷師或省　○妜〔一三六〕
娋〔一三七〕悅切說文眉目間皃一曰怒〔一三八〕也憂也文七　抉刔說文挑也或从刀　焆炔說文
焆焆煙皃或从夬　䀏〔一三九〕䀏旻目深皃　{口肙}怒也　○揭〔一四〇〕丘傑切說文去也一曰武壯皃文十
四　揭担拮舉也或作担拮　愒憩息也或作憩　藒藒藒車香艸或人
揭　{絜土}界也　蝶土蝶蟲名似蝗而小　偈〔一四一〕博雅疾也　輵車疾皃通作偈　甂〔一四二〕也
詰喬詰意不平　○揭蹇列切舉也文四　紇鞨也　扢拔也　訐告發也　○

〔一三四〕回
〔一三五〕檐
〔一三九〕孽
〔一四〇〕嶭
〔一四一〕袂

傑〔一三三〕巨列切說文傲也一曰俊傑文二十四　偈武皃　杰魏杰梁四公子名　桀
𡴳說文磔也从舛在木上也夏之末帝號古作𡴳　榤〔一三四〕爾雅雞棲於弋爲榤　櫪概楬
杙也或省亦作楬　嵥嵥岊高皃〔一三五〕　渫水激洄旋也　渴水盡也　竭〔一三六〕說文負舉也一
曰盡也　揭揭搩擔也或省亦从桀　碣𨻱說文特立之石東海有碣石山古作
𨻱〔一三七〕　𦸗艸名　䅥穅也　𥟖禾出皃　藒藒車香艸　𠪚屍也〔一三八〕　𥦿覆也　〇孽〔一三九〕
魚列切說文庶子也文三十六　蠥蠥𡤲𦸗〔一四〇〕說文衣服歌謠艸木之怪謂之袂〔一四一〕禽獸蟲
蝗之怪謂之蠥或作蠥孽蘖　𪃍鳥名說文鶂𪃍也　讞〔一四二〕讞囐唪說文議罪
也或从言从口亦作唪　糱說文牙米也　𪍿麩牙麥也或作麩　蘖櫱欁

〔一四三〕木　〔一四四〕鐵　〔一四五〕鬐脊
〔一四六〕陧
〔一四八〕劣
〔一四九〕鉤
〔一五〇〕詻言
〔一五一〕乚
〔一五二〕基鵂

木餘也又姓或作蘖欁　闑臬槷說文門梱也或作臬槷　𨏆高皃〔一四三〕　嵒嵲
𡾊嵲說文𡾊〔一四四〕高也或作崀𡾊嵲水華書作峴　钀馬勒旁鐵〔一四五〕　𪚠龍鬐脊上𪚠龍也
隉〔一四六〕摯槷臲杌隉不安或作摯槷臲　甈爾雅康瓠謂之甈　𦤀博雅𦤀〔一四七〕卼危也
堨壁間隙也徐鍇說　屵高皃　埶蒔也　贄不動皃　〇蹶紀劣〔一四八〕切僵也跳也文
十一　叕速也　逫𨂁小跳也或从足　罬爾雅罬謂之罦也　𧤮抵觸也　𧱓豕發
土也　䍮羊病謂之䍮　撅撥也　乚鉤〔一四九〕也　𠞂曲刀　〇𧱓巨劣切豕發土也文
一　〇嶡乙劣切逆氣〔一五一〕也文三　衞防守也　𢤫〔一五〇〕　〇鼈蟞鱉必列
切說文甲蟲也或从虫从魚文十六　鷩說文赤雉也引周禮孤服鷩冕　𪀔山海經〔一五二〕墓山有

〔一五三〕鉤　〔一五四〕鼈　〔一五五〕梧　〔一五六〕蔆　〔一五七〕焆　〔一五八〕「引」　〔一六〇〕臿　〔一六一〕癟　〔一六二〕獘　〔一六三〕烕　〔一六四〕批　〔一六五〕滅　〔一六六〕列

鳥名鶒鶬一曰鶒鶬別名𥿭說文扁緒也一說弩胥〔一五三〕銅帶一說御左回曰𥿭蘮蘮艸名爾雅蕨鼈或〔一五四〕从鼈柭梧〔一五五〕也〔一五六〕𨚗縣名在牂牁𡐛大阜在左馮翊池陽縣憋惡也一曰性急瞥目翳蔽萎也㿛腫瀀也朳無齒杷李舟〔一五八〕讀○焆〔一五七〕於列切煙气文二⿰口肙怒气○紇九傑切親也急也文二扢拔「引」也○潎匹滅切潎洌流輕疾皃文六鐅〔一五九〕說文河內謂臿〔一六〇〕頭金或書作鐵癟〔一六一〕枯病撆說文別也一曰擊憋博雅惡也一曰性急⿱敝衣衣皃○敝便滅切敗也文五嫳輕也⿺走甾古田器即斛也蹩蹩〔一六二〕踣也或作獘○滅〔一六三〕烕莫列切說文盡也古作烕文六搣說文〔一六四〕批也〔一六五〕烕火滅也〔一六六〕緜弱也漢書緜力薄材孟康說絤細也○䇷筆別切分契也文十

〔一六七〕八　〔一六八〕蒔　〔一六九〕習　〔一七〇〕具　〔一七三〕緆

一別異也𠔁說文分也从重八八〔一六七〕別也引孝經說故上下有別⿰言別辯言析理也或作辯扒捌剖分也或作捌莂移薛〔一六八〕也拔晉〔一六九〕俗謂平地除垄臭〔一七〇〕曰拔筆山〔一七一〕東謂筆○別皮列切說文分解也文四捌剖分也嵽大〔一七二〕嵽山名通作別⿰言別言析理也○札側列切革緣也一曰夭死也文一○緆〔一七三〕乙列切紗緆不成約而急一曰小意文二謁白也李舟說

集韻卷之九

楝亭藏本丙戌九月重刊于揚州使院